PIERRE
LEMAITRE

TROIS JOURS ET UNE VIE

三天一生

[法] 皮耶尔·勒迈特 著　　李湘容 译

上海文艺出版社

勒迈特作品

PIERRE
LEMAITRE

献给帕斯卡利娜

致我的朋友卡米耶·特吕梅

奉上我的爱

1999

1

1999年12月底，博瓦尔镇发生了一系列惊人的惨案，而这些案件中最引人注目的，当数小雷米·德梅特的失踪案。在这个青山环抱，生活悠然的地方，一个孩子的突然失踪让人们大惊失色，当地居民甚至认为，这是灾难的前兆。

对处在悲剧中心的安托万来说，一切要从一条狗的死亡说起。这是一条黄白相间、瘦骨嶙峋、四肢修长的杂种狗。德梅特先生，也就是狗的主人，给它取名尤利西斯，不要问他为什么用一个希腊英雄的名字来给自己的狗命名，这是疑云满布的故事中的又一个谜。

德梅特一家是安托万的邻居。安托万当年十二岁，非常喜欢这条狗，因为他的母亲不允许他在家里养宠物。他从来没养过猫，没养过狗，甚至连仓鼠都没养过，母亲的理由是动物会把家里弄得过于邋遢。

每当听到安托万的呼唤时，尤利西斯总是兴冲冲地跑到栅栏前。它经常跟着小伙伴们一直走到池塘或是周边树林里。安托万独自去这些地方的时候，也总是会带上它。他时常惊讶地发现，跟尤利西斯说话，就像是在跟一个同伴倾诉。狗狗歪着脑袋，做出严肃又专注的样子，可是不一会儿就又跑开，像是在暗示，交心时刻到此结束。

夏天快结束的时候，安托万和班上的小伙伴们忙着在圣犹士坦高处的树林里造小木屋。这原本是安托万的主意，可是跟往常一样，提奥把这个想法据为己有，并以执行指挥官自居。他在小伙伴中间拥有至高权威，不仅因为他长得最高，还因为他是镇长的儿子。在博瓦尔这样的地方，阶级是很重要的事情（虽然人们早已厌烦了一遍又一遍地选举出同一个镇长，却又将他视为圣人，而镇长的儿子就是皇太子。这种在商贾之流中产生的阶级观逐渐蔓延至社会团体，又通过毛细作用，渗透到学校里）。提奥·韦泽是班上的恶霸，在同学们看来，这是很有魅力的表现。被父亲狠狠教训的时候（这对他来说已是家常便饭），提奥常常骄傲地展示自己身上的淤青，好像那是为了反抗权威，不屈从大溜而做出的英勇牺牲。女生都很崇拜他，因此，男生们既怕他却又羡慕他，唯独没有人喜欢他。安托万既不与他争辩，也不嫉妒他。只要小木屋能建好，他就已经很开心了，至于做不做指挥官，他一点也不在乎。

然而，自从凯文生日那天收到一个PS游戏机以后，一切都变了。大家很快抛弃了圣犹士坦林区，全都跑到凯文家去了。凯文的母亲觉得，与其让孩子们在池塘边和树林里玩耍，还不如让他们在家里玩游戏，至少这样安全得多。安托万的母亲却反对这样的想法，她认为放任孩子们每周三窝在沙发上玩游戏，只会让他们越来越笨。所以，她严令禁止安托万参加这样的活动。安托万自然不依，倒不是因为热衷游戏，而是因为这样他就无法见到朋友们了。周三和周六，他只剩下自己孤零零一个人。

于是他常常跟穆绍特家的女儿艾米丽待在一起。她也十二岁，一头卷卷的金发，颜色跟小鸡崽一样金黄，眼睛灵活生动，完全长了一副小妖精的模样。人们很难拒绝这样的人，就连提奥也爱上了她。可是，比起跟小伙伴们在一起，跟女孩一起玩，根本不是一回事儿。

安托万回到圣犹士坦树林，开始独自造木屋。这一次，他要把屋子建在离地面三米高的地方——一棵榉树的树杈上。这个计划得暂时保密，等朋友们玩腻了游戏机，重返树林之时，就能看到建好的树屋，届时这也将成为他的个人壮举。想到这，他的心里美滋滋的。

他废寝忘食地忙活着，经常跑到锯木厂，捡来雨布遮挡漏雨的地方，又捡来油布盖住屋顶，还找来一些布料作为装饰。他整理出一些空间用来存放这些宝贝，可是这些工作似乎没完没了。因为没有总体施工规划，他经常不知该如何继续进行下去。好几个星期以来，他满脑子只想着造树屋，这个计划几乎占据了他所有时间，也俨然成为一个公开的秘密。在学校的时候，他跟朋友们提起，准备给所有人一个垂涎三尺的惊喜，但是几乎没人理他。那时候，朋友们都在狂热地等待古墓丽影游戏新版本的问世，所有人都在谈论这件事。

在安托万投身树屋建设的这段时间，尤利西斯就是他的伙伴，虽然帮不上什么忙，但至少可以陪着他。这让他想到，得给狗狗造个升降梯，这样它就能上树屋里去陪他了。于是他跑回锯木厂，找来一个滑轮，几段绳子和一些制造起降平台的材料。作为点睛之笔，这个承重起吊装置体现了他的雄心壮志，也花费了他好几个小时的调试时间，而其中大部分时间，用在了追狗这件事上。第一次升空尝试已然把它吓得够呛，而起降平台之所以能保持水平，完全是靠左边的一条木棍在调整角度。目前这个成果还不够令人满意，但是尤利西斯还是顺利地到达了树屋。在上升的过程中，它一直发出吱吱的惨叫声，一副可怜兮兮的样子，等安托万也上来以后，它便马上跑过来蜷缩在他身边瑟瑟发抖。安托万顺势抚摸着它，嗅着它身上的味道，尤利西斯也惬意地闭上了眼睛。下去的时候总是更容易，尤利西斯总是等不及升降梯完全落地，就已经跳到了地上。

安托万把从谷仓里搜刮来的家什全都带到了现场，一盏手电筒、一张毯子，以及一些用来读读写写的东西，有了这些，他几乎可以在这里自给自足地过上好一阵子。

千万不要因此而认为安托万从小生性孤僻。没错，他那时总是独来独往，可那也是情势所迫，因为他的母亲讨厌电脑游戏。他的生活圈子就这样被母亲的教条和法规框得死死的。库尔坦夫人对安托万的管教方式，既墨守成规又不乏奇思妙想。离婚后，她再也不像从前那样桀骜不驯，跟很多单亲母亲一样，变成了一个循规蹈矩的人。

六年前，安托万的父亲借着一次换工作的机会，顺便把老婆也换了。因为工作调动，他去了德国，顺便给前妻送上了一纸离婚协议。布朗什·库尔坦悲从中来，但是，这样的反应却令人有些惊讶。他们夫妻俩从没好好相处过，安托万出生后，两人的房事也急剧减少。库尔坦先生离开博瓦尔之后就再也没回来，他总是雷打不动地给儿子寄来圣诞礼物，只不过它们永远与儿子的愿望相悖：八岁的时候收到的是给十六岁孩子的玩具，十一岁的时候收到的却是适合六岁的玩具。有一次，安托万去了他在斯图加特的家，父子俩像两只摆在橱窗里的搪瓷玩具狗一样，相看无言，度过了漫长的三天。从此以后，他们心照不宣，再也没有做过类似的尝试。库尔坦先生不太知道该如何生养孩子，就像库尔坦夫人不知道该如何跟丈夫相处一样。

这次沮丧经历使得安托万与他的母亲走得更近了。从德国回来以后，他就把沉重缓慢的生活节奏当成了他孤独和悲伤的来源，从此开始以一个新的眼光来看待自己的生活。就像所有在他那个年纪的男孩一样，他自然而然地觉得，应该担负起照顾母亲的责任。不管他的母亲多么令人厌烦（有时甚至可以说令人无法忍受），他总觉得这是情有可原的：日常琐碎或缺衣短食，性格原因或是情势所迫……对安托万来说，母亲已经如此不幸，他万万不能让她过得更加悲惨。对此，他的立场永远坚定。

所有这些，再加上他低调不张扬的个性，使得安托万最终成为了一个郁郁寡欢的孩子，凯文PS游戏机的出现只不过是加剧了这种情况。父亲不在身边，母亲刻板严厉，而伙伴们又渐渐疏远，在这样一个三角地带里，狗狗尤利西斯自然就占据了中心位置。

所以说，这条狗突如其来的死亡，对于安托万来说，简直就是致命一击。

尤利西斯的主人德梅特先生是个沉默寡言、脾气暴躁的人。他的身体结实得像一棵橡树，乱蓬蓬的眉毛下长了一张犹如日本武士般愤怒的脸。他总是执著于自己应得的东西，从不轻易改变自己的观点，且十分好斗。博瓦尔有一家最重要的本地企业，“始于1921年的韦氏木偶工厂”，德梅特先生在这里当了一辈子工人，而他的职业生涯里，充满了擦枪走火的口角和激烈争吵。两年前，因为在所有同事面前扇了工头穆绍特先生一个耳光，他甚至还遭受过停职处罚。

德梅特先生有一个十五岁的女儿瓦朗提娜，在圣希莱尔的一家理发店当学徒，还有一个六岁的儿子雷米。小雷米对安托万怀着无限景仰，整天屁颠儿屁颠儿地跟在他身后。

不过不得不说，小雷米并不是个累赘。他完全继承了父亲粗壮结实的身材，一个未来的伐木工已经初现雏形。他可以跟着安托万很轻松地爬上圣犹士坦高地，甚至能一直走到池塘边。德梅特夫人认为安托万是一个很有责任感的小男孩，她这么想也确实不无道理。只要一有需要，她便会放心地把雷米托付给安托万。小雷米也因此在行动上享受着很大的自由。博瓦尔地方不大，同一个街区的人们几乎都互相认识。孩子们不管是在锯木厂旁边还是在树林里玩耍，在马尔蒙或者菲兹利埃尔旁边玩水，过往劳作的大人们总能顺便盯上一眼。

安托万实在按捺不住自己的秘密。有一天，他把雷米带了过来，请他参观自己造的空中木屋。对于升降梯这项技术壮举，小雷米毫不吝啬地表达了他的赞美之情。他十分兴奋地乘着升降梯，上上下下好几次。接着，安托万严肃地跟他说，听着，雷米，这是个秘密，在完工之前，绝对不能让其他人知道小木屋的事。听明白了吗？我可以信任你吗？你可别跟任何人说哦。雷米吐了口唾沫，当即立下毒誓：如果我把这件事说出去，就马上下地狱。就安托万所知，他也确实守住了诺言。对于雷米来说，能够帮安托万保守秘密，就等于说他已经是大人中的一分子，他被当成了一个大人平等对待，所以他也证明了自己完全值得信任。

这一年的12月22日，天气十分温和，温度比起往年要高了好几摄氏度。

因为圣诞的临近，安托万也显得格外兴奋（他真心希望这次他的父亲认真地读了他的信，并如他所愿，寄来一个PS游戏机），但与此同时，他的孤单也比平日更甚了。

实在是熬不住了，于是他豁了出去，把小木屋的事告诉了艾米丽。

一年前，安托万学会了自慰，现在每天都要来上几发。好几次在树林里，他把裤子褪到脚踝，一只手靠在树上，一边想着艾米丽，一边发泄着自己的欲望。他突然意识到，他所做的这一切都是为了艾米丽。就像是为她筑了一个爱巢，他很想把她带到巢里去。

几天前，艾米丽陪安托万走到了树林里。她用疑虑的眼神打量着这个建筑，对这项民事工程的建造工艺嗤之以鼻。她原本是想来跟安托万调情的，但却难以想象要在三米的高空来完成这件事。艾米丽用食指绕着脖子边的一缕金发，扭扭捏捏了好一阵子，对她的反应，安托万显得颇为恼火。看到他似乎不那么情愿加入到她的调情游戏当中来，艾米丽只好转身离开了。

她的离开让安托万心中感到一阵苦涩。她肯定会把这件事告诉其他人，这让安托万隐隐觉得自己有些可笑。

从圣犹士坦回去以后，他就变得闷闷不乐。连圣诞气氛和对礼物的期待，也不能使他忘怀艾米丽给他带来的挫败感。随着时间的流逝，他慢慢开始觉得自己受到了侮辱。

这一年博瓦尔镇的节日气氛，也的确被蒙上了一层焦虑的阴影。虽然跟往年一样，小城里到处张灯结彩，广场上矗立着圣诞树，镇里合唱团也将举办音乐会，整个小城都在热火朝天地准备着年末的庆祝活动，可是所有活动都像是有所保留似的，不敢大张旗鼓。因为韦氏工厂的困难发展，所有人都置身险境。大众对木偶玩具逐渐丧失了兴趣，这已然是一个不争的事实。居民们大都依靠生产木偶玩具、木质陀螺和木质小火车来过活，然而给自己的孩子们挑选礼物时，却宁愿选择游戏机手柄。所有人都隐隐察觉，大事似乎不妙，未来已经岌岌可危。韦氏工厂减产的消息三天两头地出现在人们的谈话当中。员工人数先是从七十减到六十五，又从六十减到五十二。穆绍特先生原本是厂里的工头，两年前被解雇，至今没有找到新工作。德梅特先生虽然是厂里的元老之一，也不得不过着担惊受怕的日子。跟其他人一样，他十分害怕自己的名字会出现在下一个解雇名单当中。更何况，还有人断言，这个名单在节后就会公布。

这一天，快到下午六点，尤利西斯在博瓦尔镇的主道上穿行时，在药店门口被一辆车撞翻了。车并没有停下，一溜烟开走了。

有人把狗送到了德梅特家门口。消息很快就传开来。安托万急忙赶到时，看到尤利西斯正躺在院子里喘着大气。它把头转向安托万，此时他只能愣愣地站在栅栏后。狗狗的一条腿和好几根肋骨都被撞断了，看样子必须叫兽医来才行。德梅特先生双手插在兜里，久久地望着自己的狗，然后走进屋子，拿出一把猎枪，逼近狗的肚子开了一枪。接着，他把狗的尸体塞进了一个装石灰渣的袋子里。就这样，问题解决。

这一切发生得如此之快，安托万惊得目瞪口呆，说不出话来。不过就算他说出什么，也没有人来听了。德梅特先生早已进到屋里，关上了门。装着尤利西斯尸体的灰色袋子被归置在院子尽头的角落里，那里还堆放着一些石灰和水泥残渣。德梅特先生上个礼拜拆了家里的兔窝，正准备造个新的。

安托万郁郁寡欢地回到家中。

他悲痛万分，甚至没有力气把今天发生的事讲给他的母亲听。库尔坦夫人还未曾得知这件事情。喉咙发紧、心情沉重的安托万，眼前不断重演着下午看到的景象，猎枪、尤利西斯的头，尤其是它的眼睛，还有德梅特先生那魁梧的身形……他没法言说，甚至连饭都吃不下，于是借口不舒服，爬上楼，回到房间里，久久地哭了一场。母亲在楼下大声问：“安托万，你还好吗？”令人惊讶的是，他竟然还能清晰地回答：“我没事！”声音足够清晰明亮，成功地唬过了他的母亲。那天晚上，他很晚才睡着，梦里净是狗的尸体和猎枪，醒来时感到筋疲力尽。

每周四一大早，库尔坦夫人都会去市集工作。一年到头，她都在四处打各种零工，而市集这份工作，却让她真心厌恶。这全都是拜科瓦尔斯基先生所赐。她总是在抱怨，这个吝啬鬼不仅只给员工付最低工资，还总是拖欠。那些本应该被扔掉的货物，他却以半价卖给自己的员工。大清早起来就为了赚这三块六法郎！即便如此，她却仍然坚持做了差不多十五年。照她的说法，这是责任使然。从周三晚上开始，她就不停抱怨，这件事简直让她发了疯。科瓦尔斯基先生长得又高又瘦，脸庞消瘦，两颊下陷，嘴唇单薄，双眼有神，警觉得像一只猫，跟人们印象中熟肉家禽商的传统形象相去甚远。安托万经常碰见他，总觉得他长得怪吓人的。科瓦尔斯基先生在马尔蒙买下了一家熟肉店。来这里两年后，他的妻子就过世了，于是他只好雇了两个店员帮他一起打理店铺。库尔坦夫人整日嘟嘟囔囔道：“他从来不同意招新员工，总说我们人手已经足够了。”他赶着马尔蒙的市集，每周四的时候，还会去邻近的几个村子叫卖，一直卖到博瓦尔镇。孩子们经常取笑科瓦尔斯基先生消瘦的脸庞，还给他取了个外号，叫他弗兰肯斯坦。

这天早上，库尔坦夫人跟往常一样，搭上第一班去马尔蒙的车。安托万早就醒了，听到了她小心翼翼关门的声音。他从床上爬起来，从房间的窗户望出去，看到了德梅特先生家的院子。在一个他看不到的角落里，躺着一个装石灰的袋子……

泪水再次夺眶而出。倒不是真的因为狗的死亡让他如此伤心，只是这件事与这段时间以来的孤独感痛苦地交织在一起，让他感到深深的失望和沮丧。

母亲总是要到晌午时分才回来。厨房里挂着一个大大的写字板，她把安托万今天该干的差事都写在了上面。总是会有一些家务活在等着他，要去哪里取个东西，去小超市买点什么，或者是一些没完没了的建议，比如整理好你的房间，冰箱里有火腿，至少吃一个酸奶或一个水果，等等。

库尔坦夫人是一个什么事都要做好万全准备的人，可是她总能轻松地给安托万找出一些差事来。父亲寄来的包裹被藏在了壁橱里，那样子看大小应该刚好能装下一个PS游戏机。安托万已经觊觎了一个多星期了，但是现在却完全没了心思。尤利西斯突如其来的惨死像一个梦魇一般缠上了他。他开始干起活来。去超市买东西的时候，他没跟任何人说话，在面包店的时候，人家问他什么，他都用点头摇头来作答，完全说不出一个字。

中午刚过，他心里只有一个急切的愿望，就是去圣犹士坦树林里躲起来。

他把没吃完的东西收拾了一下，扔在了路边。经过德梅特家门口时，为了强迫自己不去看院子角落里堆着的垃圾袋，他加快了脚步，心脏几乎都要跳了出来。与院子的近距离接触让他的痛苦更加明显了。于是他攥紧了拳头，开始跑起来，一直跑到小木屋才停下。等他喘过气，抬起头来，看见这座花了这么多时间才建好的避难所，突然间觉得它丑陋无比。那破破烂烂的遮雨布和油布，看起来就像个贫民窟……盛怒之下，他爬到树上，把所有东西都拆了，那些木块、木板都被扔得老远。等所有东西都拆完以后，他才气喘吁吁地爬下来，背靠着树，慢慢瘫软在地上。就这样静静地待了很久，他思考着接下来的日子该怎么办。生活仿佛失去了所有色彩。

好想尤利西斯。

这时，雷米突然出现了。

安托万老远就看见了他的身影。他小心翼翼地走着，好像生怕踩到地上的蘑菇。终于，他走到了安托万跟前。安托万正抱头痛哭，身体随着哭泣在剧烈地抖动。他只好站在原地，两只手臂不知所措地晃动着。抬头往上看时，他才发现一切都被摧毁了。他刚想开口说话，却被粗暴地打断了。

“为什么你爸要这样做！”安托万咆哮着，“啊？为什么他要这样做？”

他愤怒地站了起来。雷米睁大了眼睛看着他，呆呆地听着他的责备，完全不明白发生了什么事。因为他的家人只是跟他说，尤利西斯离家出走了，而且这件事在他们家也时有发生。

此刻的安托万心中充斥着一种无法释怀的不公，已经不再是正常的他了。尤利西斯的惨死给他带来的震惊转化为一股强烈的怨愤。在怒火的驱使下，他盲目地操起了一根从起降平台上拆下来的木棍，在雷米面前挥舞着，就好像雷米是一只狗，而他正是狗的主人。

雷米吓坏了，他从来没有见过安托万这副模样。

怒火使安托万失去了理智，他两手抡起木棍，挥向了这个孩子。这一棍子打在了雷米右边的太阳穴上，他立马倒地。安托万赶紧走过来，伸出手摇着他的肩膀。

雷米？

应该被打晕过去了。

安托万想拍拍他的脸颊把他弄醒，但是把他翻过来朝天躺着时，才发现他的眼睛是睁着的。

眼神固定而又呆滞。

接着一个几乎确定的念头在他的脑海一闪而过：雷米已经死了。

2

棍子从他手里掉落下来。他呆呆地看着这个孩子的身体，姿势有种说不出来的怪异，看起来十分慵懒……我到底干了什么？现在呢，该怎么办？去求救吗？不，不能把他扔在这儿，得背上他，赶紧跑到博瓦尔，冲到迪尔拉夫瓦医生家里去。

“别担心，”安托万细声说道，“我会送你去医院的。”

声音如此之轻，仿佛在自言自语。

他俯下身，把手塞到孩子的身体下，将他抱了起来。他没怎么感受到雷米的体重，心里还想着，幸好他不重，这路程可不近……

他开始跑起来，可没想到，雷米的身体越发变得沉重。这也难怪，他的身体已经失去控制，不听使唤了。头完全垂落下去，两只手臂也直直地吊在身体两侧，两只脚就像提线木偶一样胡乱晃荡着。完全跟扛麻袋一样。

安托万突然没了毅力。他蹲下来，把雷米重新放到地上。

他是真的……死了吗？

在这个问题面前，安托万的大脑瞬间短路，完全无法运转，脑子里什么想法都没有了。

他围着雷米转了一圈，研究着他的脸。对他来说，现在连蹲下都是一件费力的事情。他观察着他皮肤的颜色，微张着的嘴……又伸出手臂，但无论如何都不敢碰到孩子的脸。他们之间像是有一堵无形的墙，他的手被一个摸不到的障碍物挡住，怎么也碰不到他的脸。

安托万的脑子里开始涌现出各种对后果的思考。

他站起身来，一边哭一边来来回回地走着，急得像热锅上的蚂蚁，再也无法直视雷米的身体。拳头紧握，脑子已经白热化，每一块肌肉都处在紧绷状态，他不停地走过来又走过去。泪水流得如此急促，以至于眼前一片模糊，他只能不时地用衣角擦着眼泪。

突然，一个微弱的希望重新燃起，他刚刚好像动了！

安托万想让整座森林替他做证：他真的动了，不是吗？你们都看到了吗？他赶紧俯下身去观察。

然而，并没有，哪怕一丝颤抖都没有。

只有刚刚棍子击中的地方，变了颜色。现在那里是一片暗红色，一大块暗红的印子覆盖了整个面颊，就像滴落在桌布上的一滴红酒印，慢慢扩散开来。

一定要弄清楚才行，得看看他是不是还有呼吸。有一次，安托万在电视上看到过，有人拿着一块镜子放在一个人的嘴边，通过检查镜子上是否有雾气来判断他是否还有呼吸。可现在呢，说得倒轻巧，上哪儿找镜子去呢……

没有其他办法了：安托万尽量集中起精力，俯下身把耳朵贴近他的嘴巴，但是森林里的噪声以及心脏的跳动干扰太大，他什么都听不见。

那好吧，只能换个方式了。安托万睁大双眼，十指大大张开，把手放在了雷米“鲜果布衣”牌的T恤上。当他的手碰到T恤时，突然感到了一阵温暖，他马上松了口气：他还活着！于是他的手更加坚定地放在了孩子的肚子上。可是心脏在哪里呢？他试探着自己的心脏，以此来找出雷米心脏的位置。再高一点，往左边一点，还是什么都没感觉到，他继续想象着……就这样摸索着，几乎忘记了自己正在干什么。突然，左手找到了自己心脏跳动的地方，右手也放在了雷米身上同样的位置。在他身上，这颗心脏正在剧烈跳动着，而另一边，却什么都没有。他用手压下去，四处摸了摸，没有任何反应。两只手展开去摸，还是没有。雷米的心脏已经停止了跳动。

安托万无法控制住自己，大力地抽打着雷米，你怎么就死了呢，啊？为什么你就这么死了啊？

随着他的拳头，雷米的头一左一右地摆动着。最后，安托万终于停了下来。他究竟在干什么啊？抽打一个死去的孩子吗？

于是他筋疲力尽地站了起来。

到底该怎么办？他不停地问自己这个问题，脑子里的发条却纹丝不动。

他继续在雷米的身体前来来回回地走起来，两只手不停扭动着，眼泪已经成了两条止不住的瀑布，他不停地擦拭着。

去警察局自首吧。可是该说些什么呢？我跟雷米在一起，然后我用一根木棍打死了他？

而且，跟谁去说这些呢？警察局在马尔蒙，离博瓦尔有足足八公里远……而他的母亲将从警察嘴里得知这一切。她肯定会死过去的，她永远都不可能接受自己的儿子是个杀人犯。还有他的父亲，他会作何反应呢？想必是继续给他寄包裹吧……

安托万仿佛看见自己被关在狭窄的牢房里，里面还有三个比他年长的男孩，都是因为暴力犯罪被抓进来的。安托万曾经偷偷看过几集《监狱风云》，那三个男孩儿长得就像这个电视剧里面的角色，其中一个长相可怕的人叫弗农·席林格，他最喜欢年轻的小男孩。安托万敢打包票，在监狱里肯定会碰到这样的人。

而且，谁会来探监呢？此时，他的脑海里开始放电影般出现各种人物……小伙伴们、艾米丽、提奥、凯文、中学校长……还有德梅特先生雄壮的身躯，他常穿的蓝色工作服，方方的脸以及他那灰色的眼珠！

不，安托万不会去监狱。他连进监狱的机会都没有，德梅特先生知道以后，肯定会杀了他，就像杀死自己的狗那样，照着肚子开一枪就没命了。

他看了看手表。下午两点半，正午阳光正强。安托万一身大汗。

必须做出决定了，但有个声音在告诉他，这个决定已经有了：他将回到家中，一言不发地爬到楼上的房间，就好像从来没出去过一样。谁能猜得到是他呢？一时半会儿，没有人会意识到雷米已经失踪了，除非到……他计算着时间，可是脑子里一片混沌，于是他开始数起手指头。数什么呢？大人们需要多长时间才能找到雷米呢？几个小时，还是几天？而且，大家经常看见雷米跟安托万和其他小伙伴在一起，他们肯定会被警察盘问的……万一，他们此时都在凯文家玩游戏机，唯独安托万不在，所有人肯定都会把目光投到他身上。

不，现在该做的，是要让人们找不到雷米。

他的脑海里突然闪现出装着狗狗尸体的垃圾袋。

得把他扔掉！

雷米失踪了，没有人知道他怎么样了。对，这才是解决办法。大家会去找他，没有人会认为他……

安托万继续在尸体面前走来走去，却再也不想看它。这使他害怕，令他无法思考。

万一雷米已经跟他妈妈说了，他要来圣犹士坦树林找安托万呢？

也许人们已经开始找他了，也许不一会儿就会听到有人在呼唤他们的声音了："雷米！安托万！"

安托万觉得自己又被绕回来了。眼泪再次涌上来，他变得手足无措。

得把尸体藏起来，可是藏到哪儿去呢？怎么藏？要是他还没摧毁小木屋，也许他还可以把尸体藏到那上面去。没有人会想到去那上面找他，来往的乌鸦会把尸体啄食干净。

这场巨大的灾难让他精疲力竭。在几秒钟之间，人生的列车，永远地改变了方向。他竟成了一个杀人凶手。

这两个画面是如此不搭，一个才十二岁的孩子，怎么能是杀人凶手呢?

巨大的悲痛淹没了他，令他头昏目眩。

时间一分一秒地过去，安托万仍然不知道该怎么办，博瓦尔的人们应该已经开始担心了。

藏到池塘里！人们肯定会觉得他是淹死的。

不，尸体肯定会浮起来。安托万手边什么都没有，没法儿让尸体沉底。况且，当人们把它捞出来的时候，肯定会看到头部的伤口。也许人们会以为他是自己失足，撞到了池底的什么东西呢?

安托万实在没了主意。

那颗大榉树！安托万突然想到了这棵树，就好像此刻就能在眼前看见它一样。

这是一棵巨大无比的树，前几年的某一天，它没有任何征兆地仰头倒了下来，就像一个突然圆寂的老者，连根拔起，轰然倒下，拔出来的土壤甚至堆成了一人之高。林子里的好些树木已经通过枝叶，错综复杂地缠在了一起，所以它的倒下还牵连到了其他树。很久之前，安托万曾和小伙伴们在这里玩耍过一阵子，但不知道为什么，他们很快就对这里丧失了兴趣……榉树倒在了一个非常宽敞的阴洞之上。不过就算在树倒下之前，也没人敢下去一探究竟。没人知道这个洞通向哪里，也不知道它的深浅。安托万突然觉得这是个解决办法。

他就此做了决定，迅速转过身去。

雷米的脸又变了颜色，现在他的脸呈现出一种灰色，肿起来的血块又扩大了规模，颜色也越来越深，嘴巴也张得更大了。安托万感觉十分糟糕。在这种情形下，他永远也不可能有力气一直走到圣犹士坦的另一头。就算是在正常情况下，也要走将近一刻钟。

泪水没有枯竭，依然像雨水像溪流一样在两颊流淌。他用手指擦了擦鼻涕，又用树叶擦了擦手。然后走近孩子的尸体，俯下身去抓起他的两只手腕。它们是那么瘦小，还留着一丝柔软和温度，就像睡着的小动物。

他掉过头去，开始用力拖拽尸体。

才走了六米的样子，就碰到了好些障碍物，地上全都是树桩和树枝。圣犹士坦林区早就不属于任何人，常年来疏于管理，这里已经发展成一座乱糟糟的丛林，树木长得密密麻麻，盘根错节地生长在一起，荆棘老木丛生。拖拽已然是不现实的，只能把他扛起来了。

安托万没法儿下定决心。

周围的丛林发出吱吱嘎嘎的声音，像一条破船正在裂开。他如何能鼓起勇气呢？

不知从哪里来的力气，他突然俯身下去，一下把雷米扛在背上，然后快速走动起来，边走还得边避开那些跨不过去的树桩。

第一次失足的时候，他的脚被一条树根缠住，摔在了地上。雷米的尸体像一只软趴趴的章鱼，重重地压在了他身上。安托万尖叫一声，赶紧把它推开。他大叫着站起来，靠在一棵树干上大口喘着气……他本以为，尸体应该是僵硬的，他曾经见过这样的画面，那些死去的人，僵硬得就像门板一样，可是雷米的尸体却松软得就像没了骨头。

安托万尝试着给自己打气。加油，必须得把尸体藏起来，得让它消失，接下来就万事大吉了。他鼓起勇气走近雷米，闭上眼睛，拽起他的手臂，然后俯下身把雷米扛在肩膀上重新上路，一步一步走得小心翼翼。背上背着雷米，让他感觉自己像一个在火灾现场救人的消防员。就像彼得·帕克拯救玛丽·简一样。

天气已经十分寒冷了，可此时的他却大汗淋漓。脚下仿佛有千斤重，肩膀也垮了下来，他实在太累了，可是，还是要继续加快脚步，博瓦尔的人们已经开始担心了。

他的母亲不久也要到家了。

德梅特夫人肯定会去问她，雷米去哪儿了。

等他回去，人们肯定也要问他同样的问题。他会回答他们说，雷米吗？我没见过他，我刚刚一直在……

一直在哪儿呢？

他背着死去的孩子踉踉跄跄地走着，一边跨过树桩，绕过荆棘，不时撞在新长出的树苗和盘踞在地表的不定根系，一边思考着怎么回答这个问题。可是想了半天，还是想不出任何答案。想起去年升初一时，他的小学老师曾这样评价他："这个小男孩，想象力有点匮乏……"桑什先生从来就没怎么喜欢过安托万，他的眼里只有阿德里安，那是他唯一的宠儿。有人说，桑什先生和阿德里安的母亲之间……跟安托万的母亲完全不同，阿德里安的母亲是一个会在身上洒上香水，在街上抽烟的女人。去接孩子放学的时候，所有人都在看她。她时常穿着……

想得出了神，自然就忘了脚下。于是他又摔了一跤，头撞在了一棵树干上。安托万大叫一声，扔下肩上的重担，看到雷米从他的肩上飞出去，重重地摔在了地上。他本能地伸出手想去抓住他……有那么一秒钟，他甚至想象着雷米把自己摔疼了，就好像他还活着一样。

他望着雷米的背，小小的腿和小小的手。这场面真让人揪心。

安托万再也受不了了。他就这样躺在树叶堆里，像嗅着尤利西斯的毛发一样呼吸着泥土的气息。他多想就这样睡过去，深深地扎入泥土里，然后就此消失在人间。

他想放弃了，实在没有力气了。

此时，他的目光落在了手表上。他的母亲现在应该已经回来了吧。他都不知道自己是如何有力气站起来的。为了他的母亲，他也要继续走下去。她不该遭受这一切。而且，她会因此丧命的。如果大家知道了真相，德梅特先生会连她也一起干掉……

他艰难地站了起来。雷米的手臂和大腿到处都是擦伤，安托万还是忍不住地想，雷米应该很疼。真是太奇怪了，雷米已经死去这个事实还是没能灌输到他的脑子里，不，他只是不愿意承认罢了。他身上背的不是一具尸体，而是他熟悉的那个孩子，那个曾经跟尤利西斯坐着升降梯上上下下，大声欢呼着的孩子。他是多么喜欢升降梯啊。而现在呢，安托万正背着他穿过圣犹士坦树林。

安托万眼前开始出现幻觉。

脚下大步走着，眼前却仿佛看到雷米走到跟前，站在他对面，微笑着向他招手问好。他总是那么崇拜安托万。哦！瞧瞧看哪！这是个树屋吗？他抬头看向高处，圆圆的脸上，是一对炯炯有神的眼睛。他说话的方式总是那么有趣，完全不像那个年纪的孩子该有的语气。虽然还只是个孩子，想法也很孩子气，但他是个很有趣的孩子，总是会问出各种各样好玩的问题……

还没等安托万意识过来，已经到了。

那棵横躺着的大榉树，就在眼前。

可是想要走到树干下的阴洞，还得要挣扎一番。前方布满了荆棘灌木，加上树林里的这块区域还尤其昏暗。

安托万不再思考，埋头前行。好几次都走得失去了平衡，他只能抓住周围一切可以抓住的东西，不敢放手，他的衬衣袖口已经被撕烂了。可是，他仍然坚持往前走着。雷米的头撞到了一棵树上，发出沉闷的响声……有两次，他的手还被刺钩住，安托万不得不用力拉，才把雷米的手扯开来。

经过了漫长的斗争，他才终于站在了榉树前。

就在离他两米远的地方，在庞大的榉树干下面，有一个巨大的黑色裂缝……一个巨洞。想要过去还得要翻过一个小土堆。

安托万把雷米谨慎地放在脚下，弯下腰，就像卷地毯一样，推动着他滚动起来。

孩子的头不时地撞到这儿，又撞到那儿，安托万闭上眼睛继续推着。当他睁开眼睛的时候，已经到达土堆一半的高度了。庞大而阴森的裂缝慢慢靠近，就像一个敞开的火炉门，一张大开的食人魔的嘴，让他感到十分恐惧。没人知道那里面有什么，甚至不知道这个洞是深还是浅。而且，这是个什么洞呢？安托万一直以为，之前这里肯定有个树桩被连根拔起了，然后大榉树才倒在了这里。

好了，现在，他真的到了。

安托万并没有因此而感到一丝轻松。小雷米的尸体就在脚下，躺在洞口边。在横躺着的巨大树干面前，他俩都显得如此渺小。

是时候把它推下去了。安托万却下不了决心。

他双手捧着太阳穴，痛苦地尖叫起来。悲痛万分的安托万，扶在一棵树的树皮上，抬起右脚，伸到雷米的髋部下面，把他轻轻地抬了起来。

然后，他仰头望向天空，大腿迅速踢了出去。

尸体慢慢滚动起来，仿佛是在犹豫不决一般，在洞口边缘停留了好一会儿，然后突然滚落，重重摔下去。

安托万脑海里留下的最后一个画面，是雷米的手臂，还有他的手，仿佛还想抓住土壤，不甘就此坠落。

安托万就像被钉在了原地，纹丝不动。

雷米的尸体从此消失了。可安托万还是有一丝疑虑，他跪倒在地上，伸出手臂，谨慎地在洞里摸索着。

什么也没摸到。

他呆呆地站起来。现在什么都没有了。没有雷米，什么都没了，一切都消失了。

脑海里不停闪现那只小小的手，还有那卷曲的手指，画面久久不能消散……

安托万转过身，大步流星地跨过荆棘，机械地往回走。

走到矮灌木丛时，他飞快地奔下山丘，不停地跑啊跑啊跑啊。

想要走回家最短的路线，就必须穿过两次大路。此时安托万正蜷缩着，躲在一个矮灌木丛中。他所在的位置正好在一个弯道的出口，没法看到前面即将发生的事情，想竖起耳朵想听一听动静，可却只听到了那该死的心跳声……

他站起来，迅速侦察了一下左右，终于下定决心跑动起来。当他飞速穿过道路，再一次藏身在树林里时，科瓦尔斯基先生的小卡车突然出现了。

安托万赶紧趴在一条沟里，一动也不敢动。好在车没停，从路面上径直开过去了。

他没有继续等待，重新跑了起来。离进城入口只有三百米了，他在矮树丛里等了一会儿，但又觉得不能思考太久，应该马上行动。于是，他走出树丛，一边平缓着呼吸，一边假装镇定地走到路上来。

担心自己看起来不太正常，他又重新整理了一下头发。手上有几处擦伤，但还好不明显。他用手慌忙地拍打着沾在衬衣和裤子上的泥土……

他原本以为自己会很害怕回到家中，可事实却相反：眼前熟悉的面包店、杂货店、镇政府大门，把他带回了曾经习惯的生活，刚刚经历的噩梦仿佛越来越远了。

为了掩藏住撕破的衬衫衣袖，他把袖口紧紧地攥在手心里。

此时他低下头来，却突然发现，手表不见了。

3

那是一只黑色表盘的潜水表，荧光绿的表带，还有很多令人赞叹的功能：它自带测速仪，有两个可以分别显示国际时刻和天气的悬窗，以及一个计算器……那是一只硕大的手表，对于安托万的手腕来说，显然太大了，但这正是这只表吸引他的地方。为了让母亲同意给他买这只表，他不厌其烦地缠了她好几个星期，她才最终同意。而作为交换，安托万不仅做出了一系列承诺，还竖着耳朵听了无数次道德说教，比如过日子要节约，只买必需的和有用的物品，要管理好自己的欲望，以及其他一些晦涩难懂的道理，这些都是她母亲从杂志和儿童教育的文章当中学来的。

如今这只表不见了，他怎么才能跟他的母亲解释清楚呢？这种细节无论如何都逃不出她的法眼，她肯定会担心的。

他应该折回去吗？是在哪里丢的呢？也许是掉到大榉树下面的洞里了？万一丢在回来的路上了呢？也有可能掉在大马路上？如果被人捡到的话，会不会成为对他不利的证据呢？

安托万被这些问题搞得心烦意乱，以至于没有马上发现德梅特家院子里的异样。

一个由七八个人组成的小团体正在院子里骚动不安。他们当中大多是妇女，有鲜少出现在店里的杂货店老板娘凯尔纳瓦尔夫人，有克罗迪娜，甚至连弱不禁风的安东纳提老夫人也在场。这位老夫人说话颤颤巍巍的，时常用她那双蓝眼睛直勾勾地盯着你，活像一个邪恶的老巫婆。

一群人把德梅特夫人团团围住，只听得到她浓重的鼻音，却看不到她的身影。德梅特夫人一年到头总是在感冒。她总在卖弄似的说："我对木屑过敏，在这个鬼地方，您还能希望我怎样呢！"说完，总要把摊开的手臂垂下来，拍在自己的大腿上发出耳光一样的声音，像是在跟人们诉说着命运的不幸。

当安托万终于看到院子里的骚乱时，他渐渐放缓了脚步。突然从他身后传来一阵焦急的脚步声，原来是艾米丽。她气喘吁吁地跑着，当快走到跟前时，有个声音大叫了一声：

"看哪！安托万在这儿呢！"

德梅特夫人闻声从院子中左推右撞地挤出来，手里拿着手帕，向安托万跑过去。随后，所有人都跟着她移动过来。

"你知道雷米在哪儿吗？"她焦急地问。

此刻他突然明白，他永远也撒不出这个谎。他摇了摇头，喉咙紧锁地说道："不知道……"

"那怎么办啊……"德梅特夫人哀叹道。

说出这几个字的时候，她就像是被谁掐住了喉咙，声音里满是焦虑。安托万几乎就要暴哭出来。幸好杂货店老板娘接过了话头，他才忍住了眼泪。

“他刚刚没跟你在一起吗？”

他咽了咽口水，环顾四周，眼神落在了艾米丽身上。艾米丽正要朝安托万走过来，此刻却停下了，充满好奇地关注着事情的走向。他低声地回了句：

“没有……”

就在他快要崩溃的时候，老板娘又发话了：

“你最后一次见到雷米是在哪里？”

他本来已经准备说，这一整天都没见到雷米。此刻的他脸色苍白，却用手模糊地指了指院子。人群马上炸开了锅。

“那这孩子，他总不能是从人间蒸发了吧！”老板娘扯着嗓子嚷嚷着。

“如果他穿过了街区，肯定有人见过他的……”

“去问问看……”

德梅特夫人的目光依然锁定在安托万身上，可是那目光看起来又像是穿透了他的身体。她仿佛才渐渐明白过来到底发生了什么事，嘴唇耷拉着，眼神也十分呆滞。这虚弱疲惫的模样深深地触动了安托万。

他慢慢转过身，连看都没看一眼艾米丽，径直朝家里走去。

打开家门之前，他又转过身看了一眼德梅特夫人。奇妙的是，她此时的神情像极了普雷韦尔夫人，就是那个十五年前失去独女的妇人。有时她会从护工的眼皮底下溜出来，站在大路上惊慌失措地大声叫喊女儿的名字。而摆在这场痛心悲剧旁边的，是艾米丽一头金灿灿的头发和她的清新美丽，多么令人悲痛的鲜明对比啊。

回到家中以后，安托万终于松了一口气。客厅里缠满霓虹灯的圣诞树依然闪烁着，就像一个商店招牌。

他成功地撒了谎，而且人们也相信了他。然而，他真的能就此逃脱一切吗？

还有那只手表……

他的母亲还没回来，可是估计也马上到家了。他爬到楼上，脱掉衬衣，把它卷成一团，塞在了床垫下面。然后，他换上一件干净的T恤，走到窗边，把窗帘轻轻扒开一条小缝，看到了路上德梅特先生沉重的身躯。他从工厂下班回来，此刻正向院子里重新聚集的人群走去。他浑身上下散发出一种野蛮粗暴的气场，让安托万不禁往后退了几步……一想到要去面对这样一个男人，他就觉得内脏在翻腾。突然一阵恶心涌上来，他用手捂住嘴，飞快地跑到厕所弯下身子，哇的一声吐了出来……

他们最终会找到雷米的尸体，然后回来兴师问罪。

他爬到自己的房间里，两只大腿再也不听使唤，一下跪倒在地。

也许不要一个小时，如果有人在路上捡到了他的手表，有人发现他撒了谎……

到时，警察们为了防止他逃跑，就会把他家团团围住。他们会把所有出口都困住，然后派三个甚至四个人，后背贴着墙面，慢慢地走到楼上来。而门外，则会有人拿着扩音器大声命令，让他赶紧举起双手，下楼投降……他没法保护自己。他们会马上给他戴上手铐，“是你杀了雷米！你把尸体藏在哪儿了？”

也许他们还会给他戴上头套，以此保全他的脸面。就这样，他会从母亲面前走过，而她将会瘫倒在一楼的沙发上，不停地喊着安托万，安托万，安托万……镇上所有人都会聚集在街上，他们会大声喊着，叫着：混蛋、杀人凶手、残害儿童的杀人犯！警察们会推搡他往囚车走，而德梅特先生则会在此时突然出现，一下把上衣扯开，从头顶扔过去，安托万会看到他把猎枪架在胯上，然后扣动扳机。

安托万感到腹中一阵钻心的疼痛，他正想起身返回厕所，却一动不动地坐在房间的地板上，一脸震惊。他刚刚听到有人说了一句：

“安托万，你在家吗？”

快！找个托词。

他赶紧起身，走到书桌前坐下。

她的母亲已经走到了门口，一脸疑虑的样子。

“发生什么事了？贝尔纳代特家可真够热闹的。”

他装出一副无可奈何的样子：“不知道。”

但是之前德梅特夫人已经向他发问了，他不能假装自己完全不知道这件事。

“是雷米……大家都在找他。”

“是吗？没人知道他去哪儿了吗？”

真是他的亲妈。

“妈，如果大家都在找他，肯定是不知道他去哪儿了呀，不然谁会找他。”

可是库尔坦夫人根本没在听，她已经走到了窗边。安托万也走过去站在她身后。

德梅特先生回来以后，院子里聚集了更多的人，咖啡馆里的伙伴，韦氏工厂的同事都来了。天空阴云密布，钢铁灰的云朵在天边滚来滚去。在黄昏的光线下，德梅特先生身边聚集的人群，在安托万眼里变成了一群猎狗。这个想法让他禁不住打了个冷战。

“你很冷吗？”他的母亲问道。

安托万不耐烦地摇了摇手。

这时，楼下所有人的目光都转向了一个人。原来是镇长走进了院子。库尔坦夫人打开了窗户。

“等等，等等。”韦泽先生说着，他总是喜欢重复自己的话，一只张开的手放在德梅特先生的胸前。

“我们不能因为这点事就去叨扰警察！”

“什么！这点事！”德梅特先生大叫起来，“所以说，我的孩子失踪了，对您来说，就是这点小事！”

“失踪，失踪……”

“那您知道他在哪儿吗？一个六岁的孩子，好几个小时前就再也没人见过他……（他看了看手表，皱着眉头计算起时间）……已经快三个小时了。在您看来，这不是失踪吗？”

“好吧，那这个孩子最后一次被看见是在哪儿？”韦泽先生问道，显然是想说出些什么有建设意义的话。

“他跟孩子他爹一起走了一段路，对吧，罗杰？”德梅特夫人声音颤抖着说。

德梅特先生表示同意。他每天中午都会回家，然后从家里出发再去上班的时候，小雷米经常会跟着他走上几步，然后再乖乖地回家去。

“那他折回家的时候，你们走到哪儿了呢？”镇长继续问道。

大家都察觉到，德梅特先生并不乐意看到工厂经理，也就是雇用他的老板，摇身一变升格为调查员。难道连怎么管理自己的家事，也轮得上他说三道四了吗？他的回答里充满了几乎快要喷薄而出的愤怒：

“处理这件事，应该站出来的，难道不是警察吗？怎么能是您呢？”

他本来就长得比镇长高出一个头，又走过来站在了离镇长很近的地方，因此更加居高临下，再加上他说话时，声如洪钟，显得更加咄咄逼人。为了保住自己的权威和颜面，韦泽先生明显也在努力地守住阵脚。妇人们都退下去，男人们围了上来，从某种意义上来说，镇长先生已经被困住了：眼前的人们都是韦泽先生工厂里的工人，或者是工人们的父辈或兄弟。这突如其来的对峙让一些人突然醒悟过来，想到了默默悬在头顶的失业风险。德梅特心里，已经没法说清哪个身份的他更愤怒，到底是雷米的父亲，还是工厂的工人。

凯尔纳瓦尔夫人不太关心德梅特先生和镇长之间的对峙，她打算占住先机，自行回家，给警察打了电话。

看到警察来了，库尔坦夫人再也忍不住了，急忙跑了出去。

其他邻居也都围上来，过往的人们停下了脚步。不在场的人都被传唤过来，进不去院子的人就都堵在路边。人群攒动着，交谈着，质问着，所有人都压低了嗓门，交头耳语，声音中传递出肃穆焦虑的情绪。

安托万被警车搞得心烦意乱。

有时，人们会在镇里看到他们的车。警察们常常喜欢在咖啡厅前稍作停留。众目之下，他们当然只喝不含酒精的饮料，而且会坚持买单。有时候，他们会介入一些口角争端，或是来发放官方文件。他们的到来总能引起一阵小小的轰动，大家都会在心里猜测，是谁又犯事了。如果发现警察的车就停在不远处，人们总是乐意去凑个热闹。

安托万并不了解他们的官阶，但是他觉得那个长官看起来十分年轻。不知为何，他感到一阵安心。

三位警察拨开人群，走进了院子。

队长简短地询问了一番德梅特夫人。他一边听着她的回答，一边扶住她的一只手臂，强行带着她回到了屋子里。德梅特夫人一边顺从地走着，一边又回过头来看了一眼镇长，于是镇长先生也跟了上去。

然后一群人消失在人们的视线里，门也被关上了。

小小的人群根据关系远近亲疏，立刻分成了好几拨。韦氏工厂的工人是一拨，社区里相互熟悉的人是一拨，孩子的家长们又是另一拨。没有任何人表现出要撤离的意思。

安托万注意到，此时的气氛已经变了。警察的到来使得这件事升格成了一个严肃事件。这已经不再是某个人的意外，而变成了整个集体的事。安托万已经感觉到了，人们说话的嗓音变得更加沉稳，盘问时也变得更加焦虑。所有这一切他都看在眼里，因为牵扯其中，他明白，事情已经变得越来越危险。

安托万急急忙忙把门关上，又跑回了厕所里。他坐在马桶上，弯下腰，可是什么都拉不出来。肚子里像是在沸腾，伴随着一阵又一阵痛苦的痉挛。他把两只手臂紧紧地按在……

突然，他听到了一些声音……痛苦突然停止了，他抬起头来，想到了有一次在树林里偶遇的小鹿。它的身体立起来，头缓缓地转动着，嘴巴和鼻子伸在空中，耳朵搜索着那些看不见的东西发出来的噪声。感受到安托万的存在以后，它立马变成了一只被追捕的猎物，全身紧绷，十分紧张……

安托万马上明白过来，进来的不止他母亲一人，还有男人的声音混杂在其中。他马上站起身，连牛仔裤腰带都没来得及系上，飞快地跑回了房间。

“我去帮你们把他找来。”他母亲边说着，边走上楼梯。

安托万躲在门后面最远处，得装出从容的样子来，可是没有时间了。

“是警察们来了，”她边进门边说道，“他们想来问问你。”

她的语气没有任何担忧，安托万甚至觉出，这话里还藏着一丝骄傲：警察来找她的儿子，所以现在她成了权威人士的焦点。

人们来问他们一家人的意见，他们也对此有话要说，就好像他们摇身一变，成了有身份的人。

“问我？……问我什么呀？”安托万问道。

“当然是雷米的事啊……嗨哟，这孩子！”

库尔坦夫人几乎被儿子的问题震惊了。随后一位警察也上来了，两人都显得有些手足无措。

“我可以进来吗……？”

他慢慢地走进房间，浑身上下散发出一种震慑力。

安托万没法猜出他的年纪，不过比起刚刚在院子里看到他时，显得更年长一些。他快速地环顾了一下房间里的摆设，然后充满信任地微笑地看着眼前的孩子，走过来蹲在他面前。他脸上的胡子刮得干干净净，眼神生动而具有穿透力，还有一对大大的耳朵。

“安托万，告诉我，你认识雷米·德梅特，对吗？”

安托万咽了口唾沫，点头说是。警察把手伸出来，准备放到他的肩上，却又停在了半路上。

“别害怕，安托万……我只是想知道，你最后一次见到他是在哪里。”

安托万抬起头，看到母亲站在房间门口，带着一种满意甚至是骄傲的神情，观察着眼前的一切。

“你该看的人是我，安托万。回答我。”

说话的声音不再一样，变得更加坚定，他想马上听到答案……而安托万却还没有想好。刚刚德梅特夫人问他这个问题的时候，他应付得更加轻松。为了鼓起勇气，他转过头去，面向窗户。

“在院子里，那里，就在院子里。”他竟还能清楚地说话。

“那时是几点钟呢？”

刚刚回答的时候，他的声音没有过分地发抖，任何一个正常的十二岁的孩子，被一位警察盘问的时候，都会如此反应。安托万也因此感到了一丝鼓舞。

他回想着刚刚德梅特夫人说的话。她怎么说的来着？

“大概一点半的样子，在那里……”

“那雷米当时在院子里干什么呢……”

回答马上就脱口而出：

“他正在看装着狗的袋子。”

警察皱起了眉头。安托万明白，他的解释和答案不是很清晰。

“是他的爸爸，雷米的爸爸。他昨天杀了自己家的狗，把狗装在了一个垃圾袋里。”

警察又微笑起来。

“看来，在博瓦尔有不少新鲜事发生啊……”

安托万可没有开玩笑的心。

“好的，”警察继续问道，“那这个垃圾袋在哪里呢？”

“在那里，就在院子里，跟石灰渣堆在一起。他一枪就把狗杀了，然后还把它放进了垃圾袋。”

“所以雷米当时在院子里，看着垃圾袋，对吧？”

“对，他当时还在哭……”

警察抿住嘴唇，啊，那当然了，我完全理解。

“然后，你就再也没见过他……”

安托万摇了摇头。警察盯着他，嘴唇抿成了一条线，专心地分析着刚刚听到的话。

“你没看到有车停下或其他类似的事情吗？”

“没有。”

“我是说，有没有什么不正常的事？”

“没有。”

“好的！”

警察用两只手在膝盖上拍了一下说道：“好吧，这还不是全部……”

“谢谢你，安托万，你帮了个大忙。”

他站起身来，出去的时候，跟库尔坦夫人打了个招呼。她马上准备跟他下楼去。

“对了，安托万……”

他又在门口站住，回过头来问道：

“你看到他的时候，正准备去哪里呢？”

答案条件反射般地脱口而出：

“去池塘。”

安托万意识到自己回答的速度似乎有点太快了。

他顿了顿，更加平静地重复了一遍：

“我去了池塘那边。”

警察点了点头，去了池塘，好的。

4

警察在人行道上停留了一会儿，神情有些疑惑。

他看着街上越来越密集，越来越紧张的人群。

人们都在对这件事议论纷纷。天色开始渐渐暗下来，小雷米归来的可能性也显得更加渺茫了。该怎么办呢？该派谁负责什么任务呢？镇长从工人们当中走出来，朝警车走过去。他一边走一边试着安慰一些人，或是盘问另一些人……众怒似乎没有要散去的意思，因为每个人都或多或少因为不同的原因，觉得自己受到了不公正待遇，都希望在这样的场合里，找到一个机会，把自己的不满表达出来。

年轻的警察抖了抖身体，轻轻地拍了拍手，唤来他的同伴。

几分钟之内，他就把工作安排好了。他们打开了一张地图，开始在人群当中征集起志愿者，就像在学校里那样，愿意来的人举手。有人开始数起志愿者的人数。德梅特夫人发现雷米失踪的时候，已经去镇中心搜索过一圈了，所以每个人都领到了指令，去外围地区，在通向博瓦尔镇的各条大路小路上巡逻。

引擎一个接一个发动了，人们煞有介事地坐到驾驶座上，这架势，像是一起出发去打猎。镇长先生本人也坐上了镇政府的车辆。尽管知道所有人都是出于好心在做善事，但空气中却不知为何弥漫着一种有征服欲的复仇心，这样狂热的氛围像极了群体暴力事件的前兆。

在窗边观察着这一切的安托万，有了一种矛盾的感觉，他几乎确信，那些正在远去的人，其实正在向他走来。

那位年轻的警察并不急着上车，而是若有所思地观察着这群壮志满满的人。已经发生的一切，恐怕再也不会轻易停下了。

这件事已经上了省级通报。

雷米·德梅特的照片和寻人启事也被张贴在所有的公共场所。

妇人们轮流着去德梅特家给贝尔纳代特做伴。库尔坦夫人把买回来的东西整理好，做好晚餐，在楼下喊了一声：

“安托万！我去贝尔纳代特家了。”

还没等到回答，她已经脚步匆忙地穿过了院子。

安托万还沉浸在方才警察来访的震撼之中。这个男人身上有一种穿透人心的力量，举手投足间透露着猜忌。

安托万并没有使他信服。

这个想法令安托万心弦紧绷。他看到警察在人行道上停留了许久，一直在回想安托万刚刚说的话，仿佛还在犹豫着要不要再上来向他确认一些信息。

安托万盯着此刻空无一人的院子，连大气都不敢出。说不定等他一转身，警察就已经出现在房间里，关上了门，坐在床上盯着他看，而外面的世界则会像死去了一般寂静。

警察会一言不发地待上好长一段时间，而安托万明白，他无法抵抗这沉寂，一个字都说不出来，而他的沉默就等于招供。

“所以说，你去了池塘……”

安托万点点头说，没错。

警察看起来很遗憾的样子。他抿住双唇，咂巴了一下嘴，表达着他的失望。

“安托万，你知道接下来会发生什么吗？”

他指了指窗户。

“一会儿他们就都回来了。当然，大部分人什么都没找到。但是德梅特先生，他会在通往圣犹士坦的小路上停下来。”

安托万咽了口唾沫。他并不想听接下来的事情，但是警察并没有因此而嘴下留情。

“他会在路上捡到你的手表，然后一路走到大榉树旁边。他会弯下腰，伸出手臂，抓到什么东西，然后把它拖出来。他会拖出什么来呢，啊？是小雷米……死翘翘的小雷米，他的手和腿都软得像一摊泥，还有他的头，就像在你背上时一样晃来晃去，你还记得吗？”

安托万一动不动，张开嘴，却发不出声音。

“然后德梅特先生会把他抱在怀里，带回家中。你能想象那个画面吗？德梅特先生抱着他死去的孩子，穿过博瓦尔镇，小区里的所有居民都跟在他身后……接下来呢？你觉得他会怎么做？

他会迈着平静的步伐回到家中，把雷米放在他母亲的怀中，然后拿出他的猎枪，穿过院子，爬上楼，走进这里……”

就在此时，德梅特先生手握猎枪，走进了房间。他的身形如此高大，进门的时候不得不低下头来。警察一动不动地盯着安托万，说道：“我早就告诉过你了，现在你还想让我怎么做？”

德梅特先生往前走了几步，猎枪端在胯部，身影渐渐遮住了安托万的身躯，然后又遮住了他身后的窗户，最后整个城市都消失在他的阴影里。

砰！

安托万发出一声尖叫。

他双腿跪在地上，双手捧着肚子，吓得吐出了胆汁。

他愿意放弃一切，只要能离开这里……突然，这个想法像雷一样劈中了他。

离开这里……

没错，就是这样，得赶快逃走……

他抬起头，被这显而易见的事情震惊了。为什么没能早点想到呢？这个想法就像一道亮光，把他从迟钝当中拖了出来。原本龟速运转的大脑此刻突然恢复了活力，他也变得异常亢奋。

他用衣袖的反面擦了擦嘴角，在房间里踱过来又踱过去。因为怕自己会漏掉什么，他随手抓起一个本子、一支记号笔，把脑子里浮现的东西都快速记了下来：衣物、钱、火车、飞机？蜘蛛侠、护照！去德国的证件、食物、帐篷？旅行包……

得快点行动了。今晚，今夜就得走。

如果一切进展顺利的话，到明天早上，他已经走远了。

他本想悄悄地去跟艾米丽道个别，但又觉得她肯定会把事情捅得尽人皆知，绝对不行，他只好打消了这个念头。第二天早上，艾米丽将会得知，安托万独自一人踏上了冒险旅程，从今往后再也得不到他的任何消息，又或者，他会从世界各地寄来各种各样的明信片。艾米丽会把那些明信片拿给班上的闺蜜看，晚上会看着它们偷偷哭泣，然后再把它们珍藏在一个盒子里……

往哪个方向逃呢？人们肯定会猜测他往圣希莱尔方向逃走了，所以他要往相反的方向走。他不知道那条路会通往何方，因为印象中每次离开博瓦尔镇的时候，总得经过圣希莱尔，于是他开始在地图上找起来。

他的思维此刻正处在沸腾的状态，好像每个问题都能马上迎刃而解。马尔蒙火车站在八公里之外，而他会在夜里疾行，远离大路。到达火车站以后，他会买一张票。而且为了避免被认出来，他会请一个人代买。想到这里，他突然对自己的聪明才智感到十分满意。找一个女人，事情会简单得多。到时他就说，他的母亲刚刚把他送到这里，但是走的时候忘了把票给他，然后再把钱亮给那个女人看……对了！钱！他的存折里还剩下多少钱呢？

他急忙跑到楼下，打开门口配餐柜的抽屉，还差点摔了一跤，还好，存折就在那里。每次他生日的时候，他的父亲都会在存折里审慎地给他存一点钱。存折上还剩下1565法郎！到目前为止，母亲总是对这笔钱避而不谈，她总是不厌其烦地重复那句话，“等你成年的时候才能把这笔钱交给你，到时你就可以用这些钱买一些有用的东西”。去年安托万不知道求了她多久，她才破例动用了这笔钱，给他买了一只潜水表。

那只手表……

安托万浑身抖了一下。

那只表可是用掉了存折上的1500多法郎啊！要是放到现在，他可以用这笔钱逃到很远的地方，坚持好一阵子了！

他把存折拿回房间，显得比任何时候都要亢奋。好了，还得想想逃跑的路线和策略。他迫不及待地想选出一个目的地来。先坐火车一直坐到巴黎，还是到马赛？澳大利亚和南美洲看起来好像是最安全的，但他又在想，如果从马赛走……算了，到了那里再说吧。最好是坐船走，他可以靠在船上干活来挣船票，至于他自己的钱，就可以留到那边再花。他用手滑动了一下地球仪……不，还是晚一点吧……今天夜里……

还得要一个箱子，不，一个旅行包，那个棕色的，就是母亲收在地下室的那个，于是他又匆匆地跑下楼去。等他把旅行包拿到房间里来时，才发现这个包是如此之大，他拿在手里的时候，包底几乎都挨着了地面。他心里想，如果人们看到他拿着一个这么夸张的包出现在火车站里，会不会有什么想法？也许换个别的包会更谨慎一些，比如，他自己的背包？他把旅行包和背包并排放在床上。一个太大，另一个又太小……不要犹豫了，快点决定！最终他选择了自己的背包，然后马上开始往里面塞起了袜子和T恤。他把蜘蛛侠玩偶塞进背包外面的口袋里，然后下楼把旅行包放回原处，又找出了他的存折、护照，还有上次去德国看他父亲的时候，母亲给他准备的一个证件。他总是记不清这个东西叫什么。啊，对了，出境许可证。可是这个东西还在有效期吗？

他还在犹豫着，楼下的大门突然间被打开了。

安托万辨认出母亲的声音，还有克罗迪娜和凯尔纳瓦尔夫人。

他蹑手蹑脚地走到走廊里观察。

库尔坦夫人备起了茶，三位妇人继续谈论起在街边开启的话题：

“这个小不点到底窜到哪儿去了？”

“肯定是去池塘了呗！”克罗迪娜说道，“不然他还能在哪里走丢！肯定是掉到池塘里了……”

“这还不一定呢，我可怜的克罗迪娜，”凯尔纳瓦尔夫人回答道，“自从我们找到了那个肇事司机……”

“什么……哪个肇事司机？”

“哎呀，克罗迪娜，就是那个轧死了德梅特先生家狗的人！”

凯尔纳瓦尔夫人语气里有些愠怒。话又说回来，克罗迪娜是个很友好善良的女孩，只是实在是太蠢了，有时为了让她明白一件事情……库尔坦夫人这时插话了，她说话的语气就好像是在教育自己的儿子：

“那个肇事司机昨天轧死了德梅特家的狗……然后呢，今天早上有人看见他的车停在池塘边了。所以说，这个人不怀好意，又经常出没在附近……”

“我还以为，小不点是真的走丢了……”

克罗迪娜才明白过来，有点惊呆了。

“你想想看，克罗迪娜：我们从下午一点开始就再也没见过那孩子，现在已经傍晚六点了。到处都找过了，他才六岁，就算走又能走多远！”

“难道有人……啊，这不是绑架吗？我的天哪！可是为了什么呢？”

这一次，没有一个人接话。

不知道为什么，有人开始猜疑这是不是一起绑架事件，这让安托万有些安下心来，就好像这个猜疑能让他洗清嫌疑一样。

听到身后有车辆在靠近，他赶紧冲到窗前。

有三辆车停了下来。夜幕降临，人们只能中断了搜查行动。第四辆车也回来了，紧接着镇长也开着镇政府的车，停在了路边。男人们在人行道上低声交谈着，出发前那种雄心壮志，毅然决然的表情已经消失了，取而代之的是局促不安甚至隐隐有些负罪感的样子。

没有一个人能鼓起勇气，进去通知德梅特夫人这些不能称之为消息的消息，然而她已经从屋子里冲了出来，变得不成人形，一个接一个地听着他们的报告。每听完一个消息，她仿佛就被压得更加佝偻一些。时间一点点过去，夜色已经完全覆盖了村子，男人们一个个都空手而归……最后，连德梅特先生也回来了。只见他耷拉着肩膀，从车里走出来，看到这一幕的贝尔纳代特身体一晃，倒了下去，韦泽先生差一点没来得及扶住她。

德梅特先生赶紧跑上前，把妻子搂在怀里，一群人悲情地护送着他们回到屋子里。

贝尔纳代特脸色蜡黄，眼窝深陷，咬着双拳的样子，以及刚刚骤然晕过去的场景，都深深撼动了安托万。

他真的很想把雷米还给她。

安托万开始慢慢地哭起来，没有发出任何声音。这是怎样一种深沉的悲痛啊，因为他知道，贝尔纳代特再也见不到她的儿子活着回来了。

不久，她就会见到她死去的孩子。

躺在一张铝制的床上，身上盖着一张床单。她将紧紧地抱着她的丈夫，而她的丈夫也会用两只手臂紧紧地环抱着她的肩膀。停尸房的员工慢慢地掀起床单，她将会看到雷米没有任何表情的乌青的脸，还有右边头上的那块巨大的血肿。这时她会爆发出惊天动地的哭声，德梅特先生则会扶着她走出去，然后跟站在身边的警察点头确认，没错，这就是我们的小雷米……

几分钟以后，警察的小卡车也靠边停了下来。

安托万看到警察队长在两名同事的陪同下，穿过院子，按响了门铃。然后他们又从屋子里走出来，这一次还有德梅特先生大步走在中间，一副怒气冲天的样子。一行四人往小卡车那里走去，还在现场的人们又迅速聚集起来。

安托万听到了几声尖叫，赶紧把窗户打开来。

“你们要带他去哪儿？”

“你们有什么权力……”

“让他们过去！”镇长大喝一声，试着阻拦涌向警察的人们。

“所以说，镇长大人现在是跟警察一条战线，站在民众的对立面了吗？”

警察们显得极其专注，极其有耐心。他们继续朝前走着，把德梅特先生请上车之后，马上发动了引擎。

大部分男人都跳上了车，尾随警察的小卡车离去……

安托万已经不知道该怎么想了。

为什么他们把雷米的父亲带走了？难道有人在怀疑他吗？

啊，但愿他们不会逮捕我，而是抓走别的什么人，尤其是那令人胆寒的德梅特先生……他又想起了贝尔纳代特，她眼睁睁地看着人们带走了自己的丈夫……安托万被这些自相矛盾的想法冲昏了头脑，变得手足无措。

克罗迪娜和凯尔纳瓦尔夫人已经走了，库尔坦夫人开始热起了饭菜。

安托万又开始静静地准备起他的行李。背包实在太小了，没法塞下所有他想要的东西。就这样吧，反正他有钱，可以在路上买需要的东西。

晚上七点半左右，他的母亲唤他去吃晚餐。

“你能想象吗，这是个什么事儿啊……”

与其说是在跟安托万说话，还不如说她在自言自语。

直到此刻，她还认为这只是一件街坊邻里间的趣闻。多年以后，人们还会时不时地聊到这件事。因为她深信，雷米一定会再次出现。她的理智告诉自己，这个孩子不会真的平白无故地就消失了。她还能回想起，之前也有好几个孩子也是这样失踪了，大家也是这样去找他们……她一边摆餐具，一边跟安托万说道：

“喏，你姨妈邻居的儿子……那时他才四岁，在洗衣篮里睡着了，真是绝了。他们找了他好几个小时，也叫来了警察，结果呢，让她嫂子给找到了……”

正说着话，母子二人同时看到了警车上的炫闪灯照亮了窗户。库尔坦夫人先站起来，把门打开了。

警察的小卡车停了下来。然而车并没有停在德梅特家，而是停在了库尔坦家门口。

库尔坦夫人敏捷地脱下围裙。安托万就站在她身后。

年轻的警察向他们走过来。

安托万觉得自己就要死掉了。

“抱歉打搅您，夫人。我们想跟您的儿子再说几句话……”

他一边说着，一边弯下腰，歪着头开始用眼睛搜寻安托万的下落。库尔坦夫人皱起了眉头。

“可是，为什么呢……”

“就是走个程序，没别的事。安托万？”

这一次，警察并没有在他面前蹲下来，用同样的高度跟他对话。

“你跟我来一下吧，我的好小伙。”

安托万跟着他一直走到隔壁的院子，站在了另外两个警察身边。德梅特先生正等在那儿，也是一副令人费解的神情。他愤怒的眼睛死死地盯着安托万。

警察转向安托万。

“你给我指一下，你最后一次看到雷米的时候，他具体站在哪里？”

所有人都在盯着他看。他的母亲也站在身后。

他当时是怎么跟贝尔纳代特说的来着？跟警察又说了些什么？他已经记不太清楚了，真害怕自己会说漏嘴。他只记得那时说到了狗。安托万站着一动没动，警察又重复了一遍他的问题：

“安托万，请你指一下，他当时的具体位置。”

安托万突然明白过来，原来警察是故意站在这个位置，挡住了放垃圾袋的那个角落。现在一切都明晰起来。他走了一步，伸出了手臂。

“那里。”

“那你站到他当时的位置上去吧。”

安托万一直走到了垃圾袋旁边，脑海里想象着那个场景。他仿佛看到自己从街边走过，看到雷米站在垃圾袋旁边哭泣……

于是他朝前又走了几步，就是这里。

警察走到他身边，抓起第一个垃圾袋，拖到跟前，然后往垃圾袋里扫了一眼。德梅特先生双手抱在胸前，静静地看着眼前的一切。

屋子门口浮现出贝尔纳代特在逆光中的剪影，她把大衣的大领子紧紧攥在颈口。

“那当时雷米他在干什么呢？”警察又追问道。

问话持续了太长时间。如果只是几分钟，安托万还能应付，可是此时此刻，院子里只有一盏昏暗的雨棚灯，以及街边路灯照进来的微弱光线。安托万感到自己被贝尔纳代特、德梅特先生还有警察放在了显微镜下，还有他可怜的母亲，从头到尾都在试图弄明白，所有这一切到底是为了什么……再加上那些过往停留的路人，所有人都注视着他的一举一动。

终于，他忍不住哭了起来。

“没关系的，我的好小伙。”警察边说边抓住他的肩膀。

此时，人们听到了一阵低沉的拍打声，像极了远处的鸟儿在拍打翅膀。只见一架直升机在远处，从圣犹士坦方向的林区上空经过，并向地面发射出间歇跳动的光束。

安托万感到心跳得跟隐形的螺旋桨一样快。直升机在夜空中盘旋，画着一个又一个圈。

警察转向德梅特先生，把食指放在警帽前，敬了个军礼。

“感谢您的配合……我们已经发布了警报，有任何消息，一定及时通知您。”

然后，他又跟其他同事一起，坐上小卡车离开了。

人群也渐渐散开，大家都各自回家去。

“他们想弄清楚这一切是怎么发生的……”库尔坦夫人回到家时说道。

她把门关上，又用钥匙把门反锁好才回到客厅。

安托万呆呆地站在客厅入口，眼睛盯着电视机屏幕。此时电视上正播出雷米微笑的脸，额前还留着一撮顺从的头发。那是去年的班级照片，安托万认出了那件黄色T恤，上面还印着一只蓝色小象。

评论员正在描述这个孩子的外貌：失踪那天他穿了什么，可能去了哪些地方，以及他的身高是一米一五。

不知道为什么，这个数字让安托万的心碎了一地。

寻人启事已经发布，屏幕下方出现了一串电话号码。人们在谈论着应该组织潜水员去池塘搜救。安托万想象着那些消防员，把装了警示灯的消防车停在池塘边的路上。潜水搜救员坐在橡皮艇的边上，敏捷又精准地往后一倒，钻入池塘中……

报道新闻的是个四十岁左右的女记者，安托万经常在电视上看到她。但是今天，这位记者显得有些不一样，因为她报道的内容是关于他们自己，她用一种低沉甚至可以说是庄严的声音说话："第一次搜救行动无功而返……"

然后电视上出现了几张稍显老旧的，应该是从历史档案里拿出来的博瓦尔镇的照片。接着是几张地图，上面标明了警察车队将会搜寻的几条线路。

"……夜色已深，人们不得不中断了搜救行动，只能明天再继续。"

安托万的眼睛没法儿离开屏幕。他惊讶地发现，这样的场景似曾相识，电视上隔三岔五就会出现这样的悲剧惨闻。只不过这一次，他直接牵涉其中，成了杀人凶手。

"……根据维伦纽夫检察院关于失踪人口搜寻的法律条文规定……"

"安托万，你不来吃晚饭吗？"库尔坦夫人问道。

她转过脸去，看到自己的儿子脸色异常苍白。

"你这个样子怕不是生病了吧……"

5

安托万草草地吃完了晚饭，其实他什么都没吃，实在是一点都不饿。

“喏，那肯定啊，”他的母亲说道，“发生了这么多事，怎么还能吃得下……”

安托万帮着母亲收拾完厨房，然后像往常的每个晚上一样，把脸颊伸过去，让她亲完，然后就上楼回房间了。

他还得整理行李，把背包塞满。大概几点钟的样子走才不会被发现呢？到夜里……

把所有东西从床底下拖出来之后，他突然有了一个疑问：怎样才能把钱从存折里取出来呢？

每次他的母亲破例允许他动用存折里的钱时（比如买手表那次），都是她亲自去邮局银行取的。你现在还取不了，要等你成年以后才行……如果他独自一人去银行柜台，人们肯定会问他要身份证，或者，根本不需要身份证，只需要看他一眼就足够了。

不行，小伙子，你一个人取不了的，得叫你爸爸或妈妈过来……

如果没有钱，那么逃跑也是死路一条。

一切又回到了原点。他只能留在这儿，等着人们来抓他。

一瞬间，他整个人都被击垮了。可是，原本他以为情况会更糟。他用另一种眼光开始审视起房间的摆设。那塞满袜子和T恤的背包，还有从前兜里露出来的蜘蛛侠玩偶，这一切突然间变得无比可笑。

方才的他完全沉醉在了逃亡的狂热里，然而他又可曾真的相信这是个可行的办法?

疲惫轰然袭来，眼泪却早已流尽，这早已不只是疲惫这么简单了。

他把背包扔回床底，把存折和证件塞进书桌的抽屉，然后倒在了床上。

背着雷米去找横躺的大树的画面，像幽灵一般，不停地出现在他的梦中。雷米松垮无力的手臂，不停地在眼前摆过来，又摆过去。

不管他多么努力地朝前走，却怎么也无法前进，眼前的距离越变越长。然后他看到了脚下躺着的手表，跟现实里他的那一只长得一模一样，也是荧光绿的表带，只是看起来要大了一倍，让人几乎没法不注意它。

突然，雷米从他的背上消失了，取而代之的，是那只硕大的手表，甚至比雷米的身子还要沉。他在树林里走着走着，离圣犹士坦越来越远。突然身后不知哪里传来一阵声响，他停下脚步，回头望去。

原来是雷米。他匍匐在那个暗黑的深沟里，还没有死去，只是受伤了。他的大腿和肋骨都断了，疼得哭天喊地。他的手朝洞口伸出来，伸向有光亮的地方，伸向安托万。他大声喊着救命，想让人把他拖出来，他不想死。

安托万！

雷米不停地喊着他的名字。

安托万很想过去帮他，可是他的脚却怎么也不听使唤。他看到那个男孩向他伸出双手，听到他的央求慢慢变成咆哮……

安托万！

安托万！

“安托万！”

他吓了一跳，惊醒过来。母亲正坐在床边，两只手紧紧地握在一起，一脸担忧地看着他。

“安托万……”

他坐起身子，瞬间清醒过来。一切又恢复了原状。

现在几点了？

房间里只有从一楼透上来的昏黄光线。

“你叫得这么大声，可把我吓坏了……安托万，发生什么事了吗？”

安托万咽了口唾沫，摇了摇头。

“嗯？你是不是有什么事情啊？”

该把一切和盘托出吗？如果此刻他的脑子是完全清醒的，也许他会忍不住想摆脱这沉重的负担，把一切都告诉他的母亲。可是，现在他的脑子里是一团糨糊，自己也弄不明白到底发生了什么。

“怎么连衣服鞋子都没脱就躺下了……这可不像你啊……你要是生病了，为什么不说出来呢？”

母亲把手放在他的手臂上，他却赶紧缩回身子，他从来都不喜欢跟母亲肢体接触。母亲倒也没有显出不快的神情，青春期的孩子都这样吧，她曾读到好几篇这类主题的文章。孩子到了叛逆的年纪就会这样，等过了这个阶段就好了，没有必要太往心里去。

“你哪里不舒服吗？”

“没有，我挺好的。”安托万回答道。

库尔坦夫人把手贴在他的额头上，每次孩子生病的时候，她总会这么做。

“这件事也让你心烦意乱，对吧？肯定是啊，连警察都来问了你好些问题，你肯定不习惯啊……”

她温柔地笑着，仔细端详着儿子的脸。平时这样的态度会让安托万觉得很不耐烦，别这么看我，我不是个小宝宝啦。可是，这一次，他很受用，觉得受到了莫大的安慰，于是他闭上了眼睛。

“好了，把衣服脱掉，好好躺下吧。”他的母亲终于说道。

她把灯关掉，把房间门大大敞开着。

安托万直到第二天早上才睡着。

6

第二天一大早，民事安全部门的直升机又开始了巡逻。每过一段固定的时间，它就再次出现在人们的视野里，所有人都抬起头，追踪着它的踪迹。其他省的警察局也派来了人手，来增援博瓦尔的同事。警察局的小卡车和蓝色警车一辆又一辆经过镇中心，奔向郊区的一条条道路。

小雷米的失踪时间马上就要超过二十四小时了。

人们都聚集在小商小贩那里讨论这件事，大部分人都抱着一种悲观态度。人群中不知哪里生出来一股怒火，一会儿烧到警察身上，一会儿又烧到镇政府身上。因为不管怎么说，警察们是耽搁了好一段时间，才开始认真处理起这宗失踪案的，不是吗？他们应该在接到报案后，马上开始搜救行动。至于他们到底耽搁了多长时间，公众的意见各不相同，有的人说三小时（三小时对于一个六岁孩子的失踪案来说，已经是相当严重的耽搁了！）还有的人说超过五小时，实际上，每个人的计算方式都是不一样的，大家选择的时间起点都不同。是从什么时候人们开始意识到这个小不点失踪了呢？中午十二点吗？不，有人看到德梅特夫人在小商铺里焦急地找孩子，那时至少已经下午两点了。完全不是这样啊，他爸爸下午一点四十五分上班，雷米还陪他走了一段路呢。好吧，凯尔纳瓦尔夫人说道，看来大家对于时间点都不是很确定，但是再怎么样，镇政府也该马上行动才是。关于这一点，几乎所有人都表示赞同。韦泽先生当时甚至都不愿意通知警察！还说小不点会回来的，说到时我们就会跟一群蠢蛋一样，叫警察白白跑一趟！

安托万寸步不离地待在房间里。他试着把注意力集中在变形金刚玩具上，可还是忍不住观察隔壁静如止水的院子。德梅特先生天一亮就出发去找雷米了，这会儿还没见回来。

安托万的母亲，则时不时地回到家中，带回来一些前后互相矛盾的消息。

快到中午的时候，一辆省电视台的汽车来到了镇里，一名记者在路上采访着过往的行人。拍摄团队拍完德梅特家的房子以后，就离开了。

库尔坦夫人在中午的时候回到家中，说警察怀疑上了一个初中老师，但是她怎么都想不起来他叫什么名字了。

接下来，消息又迅速传开来：民事安全部门的潜水员会在下午两点的时候赶到池塘去。

库尔坦夫人走到贝尔纳代特家去劝她不要去池塘（而且她不是唯一一个这么说的），可是贝尔纳代特还是执意要去。差不多一点半的时候，院子里已经聚集了约十二个人，大家都决定陪她一起去，至少去搀扶着她。他们出发的时候，看起来像极了去参加一场葬礼，所有人心里都在打鼓。

安托万看着人群渐渐走远。他是不是也该在那里出现一下呢？因为知道人们在那里什么也不会找到，他这才下定决心出门去。

好多人都走在同一条路上，从远处，看不清这是仪仗队伍还是什么旅游项目。

安东纳提夫人杵在路边，坐在她的藤椅上，看着博瓦尔镇人浩浩荡荡地在眼前经过，一双就要失明的眼睛里发出蔑视的光芒。人们已经很久没有注意过她的这种眼神了。

警察们事先设置了安全路障，拦住了人群，不让他们走得离池塘太近，而且还要给潜水员留出操作空间来。在库尔坦夫人和克罗迪娜的搀扶下，贝尔纳代特也来到了池塘边。营救部门的工作人员都不知道该怎么做了，身边的人都在愤愤地说，孩子的亲生母亲要来，总不能阻止她吧。工作人员有些迟疑，然而路障已经开始摇晃起来，有人喊了几声，又有人骂了回去，人群又回到了事件刚开始发酵时的那种狂热状态。工作人员退了几步，心里在想，他是不是该通过障碍区来陪着贝尔纳代特？

幸好，警察队长及时赶到了。他不由分说地扶起贝尔纳代特的手臂，引导她一直走到小卡车旁边，从保温杯里倒了些茶水给她喝。她站的位置，完全看不到救援队的一举一动，可是至少，她人在这里。

安托万就站在远远的地方，艾米丽发现了他，向他走过来。她刚想开口说话，提奥、凯文，还有其他小伙伴也都走了过来。他们当中有男生有女生，说话的神态和内容都跟他们的父母一模一样。有些人甚至都不怎么认识雷米，可是安托万总感觉，突然之间雷米成了所有小孩的弟弟，就像他俨然已经成为所有大人的儿子一样。

“他们抓住的那个人是盖诺先生。”提奥开口道。

这个消息在人群中引起了轩然大波。这是一位理科老师，一个胖乎乎的家伙。在他身上总有各种各样的传闻，有人说在圣希莱尔看见过他，从某些地方走出来……

艾米丽吃惊地看向提奥，“盖诺先生根本不在警察局，今天上午有人看见他啦。”

提奥不容置疑地断言：

“要是你上午见过他，那说明那时候他还没被抓起来。可是我敢跟你打包票，现在他人就关在警察局，而且……算了吧，我不能再多说了。”

真是太烦人了，每次都是这样话说到一半，非得要别人求着他才肯继续说。提奥这个家伙总是这样，好像这样能显得他多么重要似的。小伙伴们都急切地想知道，好几个人都在继续追问。提奥低头看着鞋子，紧抿着嘴唇，一副欲言又止的样子。

“好吧……”他终于发话了，“但是你们可千万别说出去，行吗？”

听到小伙伴们稀稀落落的承诺之后，提奥压低了嗓音。大家必须得凑近了，才能勉强听到他在说什么。

“盖诺……他是个同性恋。有人说他曾经跟学生发生过不正当关系……还有人去举报过他，但是都被压下来了。肯定是初中校长压下来的呗！而且好像还听说，他喜欢年轻的，你们懂的。有人在德梅特家附近见过他好几次，还有人怀疑初中校长本人，是不是也……”

小伙伴们被这些消息惊得目瞪口呆。

安托万已经弄不明白周围发生的一切了。昨天，警察好像还纠缠过德梅特先生，不过现在已经不再去烦扰他了。今天上午，又轮到了盖诺先生，也许还有初中校长。此刻人们正在池塘热火朝天地展开搜救，而安托万心知肚明，他们必将一无所获。从事情发生到现在的二十四小时，他第一次感觉到自己的心脏稍微松弛下来。危险已经远离了吗？现在他没法从这里逃走，可是他忍不住不停地问自己：万一人们永远也找不到雷米了呢？

一整天，人们都站在池塘边的这个角落，什么都看不到。而这条死路好像成了博瓦尔镇的一个枢纽中心，所有的消息从一个个说不清来路的地方汇集于此，然后再带着人们的评论从此地出发，经由如此传播，那些消息传出去的时候几乎都走了样。

晌午时分，人们的谈话开始紧紧围绕着两个话题展开：池塘里潜水员的搜救行动和警察逮捕的嫌疑犯的身份。然而不管提奥如何打包票，人们对嫌犯的身份还是保持着自己的想法。在这个关于谁更有嫌疑的比赛中，盖诺先生拔得了头筹，还有前天撞死德梅特家狗的肇事司机也有不俗表现。有人说，狗当场就被撞死了，可怜的罗杰不得不把狗的尸体塞进了垃圾袋。你们以为这个家伙会停下来，跟罗杰道歉吗？我可不这么认为！说到这儿，我倒是想起来，有人在出博瓦尔的路上看到过这辆车，是一辆菲亚特，还是雪铁龙？总之车身是金属蓝色，那边的司机车牌都是69开头的。可这是在小孩失踪同一天发生的事吗？狗不是前一天被撞死的吗？哎呀，那辆车第二天又回来了呀，就是那辆菲亚特！

在嫌犯名单里，人们还大胆增加了两到三个嫌疑人，比如达内西先生，桥头锯木厂的老板。可是，消息的来源并不十分可靠，因为这是罗兰传出来的。他是锯木厂的员工，几个星期前曾经与老板因为一件悬而未决的失窃案而大打出手。谣言就是如此脆弱的东西，有时能传得沸沸扬扬，有时却如石沉大海，比如这个谣言，就没能兴起什么风浪。

至于德梅特先生，他就像一个没什么竞争力的选手。虽然他行事鲁莽，经常暴跳如雷，动不动就与人大动干戈，镇里没有几个人喜欢他，可是毋庸置疑，他在博瓦尔镇还算得上是个有脸面的人物，所以显然比来自里昂的盖诺先生更加清白，更何况有的人还说，那个司机来路不明，不知道是从哪里突然冒出来的。显然大家都不相信罗杰会绑架或是杀了自己的儿子，他没有理由这样做，不是吗？而且，警察们已经把他带着雷米去工厂时，所有可能走的道路都搜查了一遍，结果并没有发现什么可疑的地方。就算是那些不喜欢罗杰的人，也实在没办法猜疑他。

还有人提出，也许雷米是被人杀了，这让人想到那个很有名的恋童癖，他长了一张小小圆圆的面孔，还有一双转来转去的眼睛。一听到这个说法，人群不时像僵住了一般，陷入长长的沉默，没有人能想象那惨不忍睹的恐怖画面，就连安托万也没法想象。一整个下午，他对整个事件的认知已经发生了天翻地覆的改变。他是最后一个见到活着的雷米的人。在这件事情上，大家的讨论时不时地变得热烈起来。小不点陪他父亲去上班走了好一段路，那么安托万是在这之前还是之后见到他的呢？这是个至关重要的问题，可是这几分钟的差别却很难判断。于是，安托万不得不一遍又一遍地描述当时的场景。人们聚集在他面前，无数遍地听他说起当时他怎样出了门，一次又一次地跟他一起重温小雷米站在被他父亲拆掉的兔窝前的情景。人们眼前仿佛浮现出那堆在一起的垃圾袋，而其中一个装的便是狗的尸体。说到后来，连安托万自己也相信了这个谎言。当他说起这个故事的时候，一幅幅画面好像就在眼前展开，而他也真的身处其中。无论是在他自己眼里还是在他的听众眼里，这个故事都越来越像真的了。

提奥·韦泽站在人群后面，分明感到安托万正在喧宾夺主。安托万则用余光默默地观察着他。他依然被小学和初中的伙伴们围在中间，不停地与他们交头接耳，还时不时斜眼朝安托万看过来……

不知为何，提奥和安托万两个人一直都不太喜欢对方。艾米丽、提奥还有安托万，他们组成了一个说不清道不明的奇怪的三人小组：安托万刚刚上完了初一第一学期，在几乎所有学科当中都取得了优异的成绩，是个不折不扣的好学生。艾米丽学习成绩很一般，今年分初四的[1]专业时，被推荐分到时尚行业方向。而提

1 法国初中为四年。——译者注（本书注释如无特殊说明，均为译者注）

奥呢，却是个十足的顽童，不过他这个人足够机灵，所以目前只留过一次级。他比其他人都大一岁，他不在安托万和艾米丽的班上，而是跟凯文和保尔在一个班。

安托万和艾米丽是他们班上仅有的两个博瓦尔镇人，而且他们已经相识了这么久，几乎每天都会见面，照理说他们之间的关系应该会很亲密才对，可是他的努力似乎都没什么用……上一次他尝试与她一起约会，还是在圣犹士坦的小木屋下面，那是一次多么惨痛的失败。总的来说，安托万不太懂得如何与女生相处，在艾米丽面前，就更加手足无措。在这起命案发生之前，艾米丽就是安托万梦寐以求的人，她满足了他的所有幻想……

接近下午五点左右，潜水员停止了搜救，还留在池塘边的人们也终于决定返回博瓦尔了。

安托万脚步匆匆，赶上了与其他几个女孩走在前面的艾米丽。然而他马上就感觉到，大家开始对他采取一种迟疑缄默的态度。没有人坦率地直视他，也没有人跟他说话。是他刚刚太夸张了，把故事讲了太多遍吗？他们都在埋怨他抢走了太多关注吗？他再也忍不住了，强行把艾米丽拉到远一点的地方。

“是提奥。”她终于开口了。

安托万并不觉得意外。

“他不过就是嫉妒罢了。”

“啊，不是！”艾米丽叫起来，“不是这个……”

她低下了眉眼，可是心里仿佛烧着一团火，迫切地想把真相告诉安托万。没等安托万追问多久，她就都说了。

“他说，你是最后一个看到雷米的人，而且……”

“而且什么……”

“而且雷米经常会去圣犹士坦树林去找你……”

安托万突然感到一阵痉挛，就好像被瞬间冻僵了一样，背心一阵发凉。

“他还说，与其在池塘里瞎捞，还不如去圣犹士坦那边好好找一找……”

简直就是灾难。

艾米丽久久地盯着他，头微微歪着，想从他脸上的表情来辨出事情的真伪。安托万被这个消息惊呆了。提奥这个家伙，真是坏到了家，妒火攻心的他，竟能如此卑鄙。安托万完全没有意识到，提奥说的正是事实。

看到艾米丽疑惑的眼神后，他下定了决心。

已经来不及思考目前的情况和后果，他开始跑起来。到人群后面时他依然保持着全速，他伸出两只手臂，狠狠地打在提奥的背上，巨大的推力把提奥推倒在两米开外。女孩们大声尖叫起来。安托万猛地冲向提奥，骑在他的胸前，握紧双拳，开始用力地砸向他的脸。拳头下发出一些人们闻所未闻的，有机体撞击的沉闷声响……提奥个头长得比安托万高，身体也更壮，可是袭击来得太突然，他完全措手不及。当他终于成功把对手推开时，已经满脸鲜血。安托万侧躺在地上，看到提奥正准备起身，他赶紧翻身，抢先站了起来。他环顾四处，想找一个石头，却发现了一根粗大的木棍，于是他走了一步，把木棍抓在了手里。当提奥跌跌撞撞地冲过来时，安托万用两只手抡起木棍，照着他的右脸就是一棍子。

那是一根大概四十厘米长的木棍，虽然很粗，却早已腐朽不堪。

刚刚那一下，整条木棍在提奥的脑袋上爆开了花，发出海绵般的声音。安托万手里只剩下一块蘑菇色的碎木渣。

小伙伴们被眼前发生的一切惊得目瞪口呆，完全没有人去关心这件事情是多么莫名其妙。尽管他的攻击以一种悲壮的方式结束了，可是安托万毕竟挑战了一个从来没有人敢质疑的权威。

大人们纷纷赶到，把交战的双方拉开来。有人大声呵斥，有人悉心询问，还有人递来手帕，擦拭着鲜血。幸好，人没什么大碍，只是一道小小的伤口。

很快，所有人又开始上路，往博瓦尔走去。

孩子们自动地分成了两个群体。安托万这边的人明显比提奥那边的人多得多。

安托万紧张地捋着自己的头发，样子十分窘迫，因为这两次攻击的相似性，他觉得有些不知所措……两天之内，他两次用木棍打了人。第一次，被打的人完全是无辜的，然而却死在了他的手下。

日后他将成为一个盲目愚蠢的斗殴者吗？就像在学校操场上经常看到的那些人一样？

他突然瞥见艾米丽走在他身边，一时间竟不知该说什么好，他的心并没有因此而平静下来。女孩们对斗殴者的偏爱真是一种特殊癖好……

等母亲回家的时候，安托万打开电视机看起新闻来，电视里正在播报小雷米·德梅特令人担忧的失踪案，屏幕上接连出现城区的几张图片，先是教堂，然后是镇政府，接着是主干道。为了使事件更加煽情（这样的尝试不免有些可悲，因为记者并没有什么实际内容可以展现或诉说），整个报道从镇中心出发，一直拍到了小雷米的家。

看到画面切换到主干道、广场、杂货店，然后是学校……一阵压迫感向安托万袭来。

摄像机似乎并不是在向失踪的孩子家靠近，而是慢慢朝他的家靠过来。

仿佛摄像机想找的人，并不是那个孩子，而是安托万。

终于，画面切到了他住的这条街道，屏幕上出现了穆绍特家绿色的英式百叶窗，然后是德梅特家的院子。为了凸显孩子失踪以后的空虚感，使之更加形象，镜头久久地停留在空无一人的秋千上，还有院子里的那扇门，小雷米肯定是推开了这扇门之后才走出去的……

当镜头一角里出现了库尔坦家的院子时，安托万想象着镜头突然聚焦在他们的房子上，并在房子侧立面扫过来扫过去，寻找着他的踪迹。终于，镜头捕捉到了藏匿在窗户后面的他，结束寻找，镜头推近，给他的脸来了一个大特写："没错，这就是杀害了雷米·德梅特，并把尸体藏于圣犹士坦树林的凶手。警察将会在明天第一时间发现受害者的尸身。"

安托万吓得忍不住后退一步，赶紧逃回了房间。

库尔坦夫人终于从城里买菜回来了，这一次花了往常三倍多的时间。安托万听到她在厨房里开始生火做饭的声音，随即她上楼来到了儿子身边，紧紧绷着一张脸。

“他们抓走的，不是那个初中老师……”

安托万放下手里的变形金刚，看着他的母亲。

“是科瓦尔斯基先生。”

7

这次抓捕震惊了库尔坦母子俩。明明知道这样不对，可安托万还是忍不住去想：如果科瓦尔斯基先生被指控为凶手（他甚至都没想过，这怎么可能发生），对他来说，倒是好过冤枉其他人。因为，他的母亲被迫在科瓦尔斯基手底下干活，一直干得不开心，而且他这个人长相不堪，又臭名远扬。事到如今，先是搜查一无所获，然后是池塘里打捞无功而返，现在又是弗兰肯斯坦被逮捕……安托万原本还以为，这个噩梦就要结束了，他再也不会有危险了，可是突然又冒出了个提奥，那些恶毒的暗算很有可能把火引到安托万身上来。他会走到哪一步呢？如果他跑去跟他的父亲，或者跟警察说了什么呢？

安托万开始后悔起来，他怪自己不该被怒火冲昏头脑，冲动地跟提奥打起来。本该听之任之的，真是太愚蠢了。

“如果我早知道……”库尔坦夫人自言自语地说道，“科瓦尔斯基先生……”

这个消息显然让她心绪不宁。

“你不是从来没喜欢过他吗？”安托万问道，“这跟你能有什么关系？”

“话是没错，可是，哎呀，如果抓的是你认识的人，还是不太一样……”

随后，她陷入了长久的沉默。安托万觉得，他的母亲可能是在考虑，这件事会给她的生活，或是给她的工作带来什么样的影响。她看起来一副忧心忡忡的样子。

“你可以到别的地方去工作啊。你总是在抱怨这份工作，总是不想去干活，不是吗？”

“是吗？你觉得工作是想找就能找到的吗？”

她生气了。

“你去跟那些新年第一天就要被韦泽先生开除的人说说看呢……”

裁员的事情已经在博瓦尔盛传了好几个礼拜。每当有人问韦泽先生时，他总是躲躲闪闪地回答说，目前他对此还不清楚，这取决于很多因素，得等到这个季度的报表出来才能定夺……工人们观察到，最后两个月的订单有了很大的增长，可是每年快到圣诞节的时候，都会发生这种情况。韦泽先生还不得不重新雇用了一些三个月前被裁员的职工，让他们每周工作几个小时，就连穆绍特先生也重返工厂，干了好几个礼拜。最后两个月增长的业绩，足以弥补秋天订单数量直线下降的损失吗？没有一个人能弄明白。

安托万常常在想，他的母亲是真的很需要这份工作吗？她诅咒了科瓦尔斯基先生十五年，就为了赚多少钱呢？安托万不清楚具体的数目，可是也知道应该多不到哪里去。他们母子俩真的有这么穷吗？库尔坦夫人可从来没对前夫的赡养费表达过一丝不满。“至少，在这一点上，他还是无可指摘的……”有时她会这样说。而安托万也一直没弄明白，他的父亲究竟在哪些方面，有不尽如人意的地方。

“好了，这不是最要紧的。”她最后说道，“现在，你该准备一下了。”

她嘴上这样说着，心里却还在想别的事。

圣诞弥撒已经在邻近的城镇轮流举办过，今年轮到博瓦尔镇承办了。活动计划在晚上七点半开始，因为神父将连续奔波在省内六个城镇之间，甚至还有更多城镇。

库尔坦夫人对宗教抱着一种谨慎而又实用主义的态度。出于谨慎，她曾经带着安托万去上过宗教启蒙课，可是，当安托万表达过不想再去的意思以后，她也没有再坚持。只有在需要帮助的时候，她才会去教堂祈祷。对她来说，上帝就像一位关系疏远的邻居，偶尔碰见会感到高兴，她时不时也会乐于向他寻求一些帮助。她去做圣诞弥撒的心情，如同是去看望自己的一位老姨母。这种对宗教的功利主义，很大程度上来源于一种随波逐流的心态。库尔坦夫人生于斯，长于斯，在这个狭隘的小城里，每个人的一举一动，都被别人看在眼里。你在观察人家，人家也在观察你。在这样的地方，流言常常有着让人难以承受的重量。库尔坦夫人所做的一切，不过都是些“应该做的事”，她做这些事，单纯因为身边所有人都在这样做。她把自己的声誉看得跟自家的房子一样重要，可能甚至跟她的命一样重要。如果丢了体面，失了尊严，她宁可选择去死。对于安托万来说，午夜弥撒也不过是他应尽的义务当中的一项。在他眼里，这一整年当中，他必须时常牺牲自己，来使他的母亲维持一个好名声。

跟别处一样，博瓦尔的虔诚信徒，相较从前也变得越来越少。这一年中，来做周日弥撒的人数之所以还比较可观，只是因为他们来自好多个地方：有马尔蒙来的，还有来自孟居、菲兹利埃尔、瓦伦纳斯，以及博瓦尔本地的信徒。

宗教活动呈现出一种季节性的变化。大部分信徒来做弥撒的时机，都是庄稼收成不好，牛肉价格下降，或是大区的工厂推出裁员计划的时候。教堂给人们提供一些好处，而人们却表现得像一群消费者。就算是那些常规的重大节日，比如圣诞节、复活节，或是圣母升天节，也逃不出这种功利的框架。对于会员们来说，这是支付会费的一种方式，这样在接下来的一年当中，他们便可以享有得偿所愿的权利。从这个逻辑上来看，也就不难理解为什么每年圣诞节的弥撒活动都会大获成功了。

晚上七点，博瓦尔人开始陆陆续续地往镇中心方向会聚。看到大家在教堂里如此欢聚一堂，他们本来应该觉得高兴才对，可是当他们发现人群当中有很多并不是本地人时，顿时又觉得有些扫兴。

女人们一到就马上走进教堂中殿，而男人们总是要在前庭逗留一会儿。他们或自己抽着烟，或跟人握握手，打听打听消息。这样的场合总能碰见那些不再往来的客户，曾经一起睡过的女人或是那些昔日的同窗，虽然随着时间的流逝，大家早已一笑泯恩仇，可见面还是不免有些尴尬。

小雷米·德梅特的失踪引起了所有人的好奇心，显然这也是这次活动人气如此之高的原因之一。大家都在电视上观看了博瓦尔的报道，那些外地人都想过来看看，素日里平淡无奇的小城是如何跟这样一起不幸的事件联系在了一起。时间一点点过去，这件事的悲剧性也在不断加深。

三十个小时已经过去了，雷米的失踪案让人们变得忧心忡忡。

每个人都有自己的揣测。

什么时候能找到他呢？而找到的结果会是什么呢？

这件事成了前庭所有人中间的唯一话题，而科瓦尔斯基先生的被捕，也让所有人都聚集在了一起。

穆绍特夫人把她的蓝眼睛瞪得又大又圆，仔细听克罗迪娜讲述着事情发生的经过。警察来抓人的时候，克罗迪娜碰巧正在熟肉铺里。

“我跟你们发誓，整个抓捕过程就持续了五分钟，那个熟肉铺老板一点儿没占上风……”

库尔坦夫人问道：

“可是，他到底做了什么？为什么要抓他？”

好像是让他提供不在案发现场的证据。有人听说他的卡车在案发当天曾经在博瓦尔镇附近出现过，就停在树林边上。

这时，有人又问道：“那他那段时间去干了什么，这个畜生？”

“光凭这个，也说明不了什么呀！”库尔坦夫人说，“天地良心，我可不是要为他辩护，可要是开个车随处晃晃就被指控绑架了小孩，那我……”

“不光是这个！”安东纳提夫人喝道。

她说话的声音如此刺耳，那些话一个字一个字地从她嘴里吐出来，就好像每一个字都是最后一个。这使得她的发言字字分明，不容置疑，好几个人都为之一震。她的插言惊动了大家，所有人都把脸转向她。

“主要是这个科瓦尔斯基（反正我从来不踏足他家，可别沾了晦气……），他也说不出来小孩失踪的时候，自己干了什么！有人看到了他的车，可是他呢，却想不起来自己干了什么好事……”

她说话时自带权威，以至于没有人去质疑她从哪里得来的这些消息，更何况在博瓦尔镇，她总是消息最灵通的人。于是，她可以用一种主意已定的语气说：

“这难道不蹊跷吗？”

库尔坦夫人点点头，确实，这件事很奇怪，甚至有些可疑……然而，她看起来好像还没被完全说服……

安托万丢下他的母亲，加入到学校小伙伴的行列中。所有人都穿上了他们最好的衣服，来履行弥撒这个苦差事。艾米丽穿了一条像是在窗帘布上裁剪下来的花裙子，头发比往常卷得更厉害，颜色也更金灿灿，更加活力十足，她美得简直不可思议。在场的所有男孩都被她吸引，不约而同地对谈话丧失了兴趣。她的父母走在人群中，比谁都要骄傲。每次做弥撒他们都不会缺席，艾米丽也从很小的时候，就开始忍受天主教的启蒙课程。穆绍特夫人可以在一天当中光顾教堂三次，而她的丈夫，也是唱诗班里唯一的男人。他声如洪钟，唱圣歌的时候格外卖力，声音大得几乎可以盖过唱诗班的所有女人，像是要以此来表明他的忠心。艾米丽呢，她本人不相信上帝，但是她对她的母亲太过依恋，就算她的母亲让她去做尼姑，她也不会说出半个不字。

安托万来到小伙伴中间时，大家都陷入了长时间的沉默。提奥故意看着自己的脚，身上散发出一阵香烟的味道。他的嘴唇肿着，红得有些发乌，上嘴唇上结着一块痂，并时不时地向安托万投来积怨在心的恶意眼神。不过他心里十分清楚，现在大家的注意力都集中在弗兰肯斯坦突然被捕这件事情上，没人关心他跟安托万之间的纠纷。而且，他马上就被凯文质问了：

“喏！你看，被抓的人不是盖诺先生，你根本就是在胡说！”

提奥有很多缺点，不容置疑的个性也算一个。从这一点上来说，他像极了他的父亲，这就像他们韦泽家的认证商标一样，一认一个准。在这种情形下，他肯定得要为自己扳回一城。

“才不是呢！”他反驳道，“他们先是抓了盖诺，然后又放了他。但是我可以跟你打包票，他们亲眼看到的，盖诺是个同性恋，这是毋庸置疑的。真是个奇怪的家伙……”

“那还不是一样！”凯文又说道，这回终于抓住了镇长儿子的把柄，他有些得意洋洋。

“那还不是什么一样？什么一样？”提奥怒气冲冲地问。

“他们还不是抓走了弗兰肯斯坦！”

小伙伴们小声议论着，对凯文的话表示赞同。这次逮捕行动让人们的猜测更加趋同了。凯文用一句话很好地总结了这件事：

“就凭他的那个长相……”

提奥感到自己大势已去，但又不愿意放弃，于是他又想出个绝妙的坏招，大声说道：

“我知道的比你们可多多了！那个小不点……他已经死了！”

死了……

听到这两个字的人感到眼前一阵晕眩。

“他死了？是怎么死的？”艾米丽问道。

这时谈话戛然而止。瓦勒内尔小姐刚刚抵达教堂，她的公证人父亲推着坐在轮椅中的她，每次大家都像在看戏一样看他们，所有人都自觉保持沉默。瓦勒内尔小姐十五岁了，瘦得跟颗钉子一样，她的手腕细得能穿过餐纸叠成的小筒。据说她最大的消遣就是装饰她的轮椅。虽然从来没有人亲眼得见，可是大家都说，她曾经买过一个特制的面具，用喷漆罐粉刷轮椅时才会戴上。这个轮椅总是不断引起人们的好奇心，最近她又叫人在轮椅上装了一个用在车上的又大又粗的活动天线，整个轮椅看起来就像个五颜六色的巨型昆虫，有些小孩称她为“疯狂的麦克斯”。她的杰作洋溢着快活的气氛，而她的表情却与之形成鲜明对比，这张脸总是一副聚精会神，对外界漠不关心的样子。有人说她聪明绝顶，却逃不过英年早逝的命运。这也难怪，不难想象，她那瘦弱的身子，一阵狂风就能把她刮倒了。博瓦尔镇的很多孩子都与她同龄，可是她从来不跟任何孩子玩耍，或者说，从来没有任何孩子跟她一起玩。自从她得了这个病以后，家里就给她请了个专门的老师在家里给她上课。

嚣张的轮椅进入教堂的时候，看起来就像是在挑衅。人们在心里想，上帝会不会降罪于它，认为它着装不雅。跟在父女俩后面的是安东纳提夫人，这个老巫婆是无论如何也不会错过这个机会的，长久以来，她对这个世界恨之入骨，所以她要来这里好好地看着。

“确定他已经死了吗？”人群都走过了以后，凯文又忍不住压低了嗓音问。

毫无疑问，这是个愚蠢的问题，尸体至今还没被找到。可是他问出这个问题，只能说明小伙伴们都被刚刚听到的谋杀命案深深地震惊了。光是听到这几个词，就吓得不能呼吸。安托万心里想，不知提奥说这话只是为了博人眼球，保住颜面，还是真的从哪里获取了什么消息。

“可是，你是怎么知道的？”凯文继续追问道。

“我爸……”提奥又开始了。

任凭话飘在半空中，他却低头垂垂地看着地面，摇着头，摆出一副我明明知道，但却不能说出来的样子。安托万再也忍不住了：

“你爸怎么了……”

下午打过一架后，安托万的发言就显得比之前更有分量了。

提奥像被赶上架的鸭子，再也下不来。他越过安托万的肩膀看了一眼，确认自己没有被偷听。

“我爸跟警察局的队长打探过……他们已经知道事情的经过了。”

“他们都知道些什么？”

“这么说吧……（提奥不紧不慢地深吸了一口气），有人已经掌握了一些证据。现在，他们已经知道去哪里找尸体了，找到它只是时间问题……但是，我不能透露更多了。”

他看了看安托万和艾米丽，又看了看其他人，继续说道：

“不好意思……”

然后他慢慢转过身，穿过前庭，走进了教堂。

很明显，他只是在虚张声势，可是为什么他要先盯着安托万看呢？艾米丽用拇指和食指捏住一缕头发，开始若有所思地摆弄起来。如果她在跟提奥约会（这对安托万来说依然是个不解之谜），那她是不是也都知道了呢？方才她并没有加入他们的对话，也没有任何表示……安托万根本不敢看她。

“好吧，那我走了……”她终于说道。

艾米丽离开人群，也走进了教堂。

安托万突然萌生了逃跑的想法，要不是他的母亲适时出现，也许他早就逃走了。

“走吧，安托万！”

身边的人们有的踩碎烟头，有的脱下宽檐帽或鸭舌帽，随后教堂的门也被缓缓关上。

玛利亚，您的国民们期盼圣婴降临已久，您愿意孕育这个孩子吗？

安托万站在母亲身边，就在教堂中间的过道边上，他的眼前就是艾米丽的后颈。从前的他看到艾米丽的后颈时，总是百爪挠心，可是今晚却完全没了兴致。提奥的话在他的脑海里一遍又一遍循环。他们已经找到证据了……安托万本能地摸了摸手腕。如果这是真的，他们还在等什么呢？为什么没有人马上来抓他？

也许是因为大家都要做弥撒……

欢迎大家，我们在这个圣诞的夜晚欢聚一堂，共同庆祝耶稣的诞生。

神父是个两颊光滑无须的年轻男子，长得胖乎乎的，肉肉的嘴唇，眼光如炬。他走动的时候微微侧着身体，让人感觉他是个害羞的人，从不愿意打扰到别人，可是大家都知道，他是一个对信仰十分严厉苛刻的人，这跟他的外貌完全背道而驰。这样的长相很容易让人想到，那些大腹便便，光着身子在修道院的单人牢房里自行鞭笞的人。

……祂召唤着我们，给我们带来喜悦，和平和希望……

在神坛左侧，几个女人簇拥在穆绍特先生周围。他矗立在人群中间，比她们高出了一个肩膀和一个头。人群前面是凯尔纳瓦尔夫人，她已经演奏教堂的小管风琴三十余年了。

有几个脑袋不时地向教堂大门口张望着。德梅特夫妇没有出现，大家都觉得挺失望的。当然，人们都十分理解他们的心情，可是，再怎么说，这也是圣诞弥撒呀……越来越多的人不停地朝大门张望，人群里窸窸窣窣地议论开来。

终于，他们来了。

两人互相扶着手臂，像一对年迈的夫妻。贝尔纳代特看起来像是矮了好几厘米，她脸色蜡黄，眼睛下浮现出大大的黑眼圈。德梅特先生则把嘴唇紧紧抿住，像是在艰难地控制着自己的情绪。他们的女儿瓦朗提娜紧跟在身后，只见她穿着一条大红色的裤子，在这样的场景和气氛下，显得荒诞不经。艾米丽传达着众人的意见，评论她简直就是个一推就倒的妓女。听到这里，安托万有些震惊，却又开始浮想联翩。

他们从身边经过的时候，安托万闻到了德梅特先生身上那股酸涩又粗暴的味道。

等他们走过去了，安托万注意到瓦朗提娜浑圆的臀部在红色的裤子下一扭一扭地疯狂抖动，这让他嘴里产生了一种奇怪的唾液味道。

天父派来了天主耶稣，救济天下苍生……

德梅特一家人缓缓地走在中间的过道上。

尽管弥撒并没有因为他们的到来而中止，可是他们所到之处，产生了一种别样的寂静，人们交头耳语，发出细微的声音，空气里交织着尊敬、崇拜、煎熬和肃穆的味道。

主啊，你让这个圣洁的夜晚重新闪耀着真正的光辉。请降恩于此，向世人揭示这个奥秘，让凡世的人们都被照亮，我们将在天上品尝那无上的喜悦。耶稣基督，你的儿子，我们的主。

德梅特一家的进场，像极了苦修者入场。贝尔纳代特连路都走不稳，而德梅特先生则在过道里慢慢走着，只见他低着额头，蹬着一双厚重的鞋子，每一步都走得决断，看起来像是马上要扑向神父的野兽，或是准备跟上帝本人干上一架。

他们在过道尽头停了下来，第一排已经没有空位了。于是，他们转过身来望向教堂中殿，像是准备再穿过整个中殿，走出教堂。瓦朗提娜跟上去，与她的母亲站在了一起，三个人肩并肩，齐齐面对着众多信徒。出现在人们眼前的，是一头压抑着冲天怒火的公牛，一个几乎已经被摧毁的女人，以及浑身散发出轻浮庸俗的气质的未成年女儿，真是令人心碎的画面。小雷米的缺席如此显眼，就好像，这家人是故意来到这里，在上帝面前展示他们的悲痛。

没有人知道接下来会发生什么。安托万坐在很远的地方，可是当他抬起头，盯着人群看时，还是能真切地感觉到从德梅特先生身上散发出的狂怒力量。他忍不住朝穆绍特先生瞟了一眼，自从在工厂被德梅特先生掌掴以后，他便对之恨得咬牙切齿。也难怪，以德梅特处处惹事的个性，他在博瓦尔镇已经树敌无数。然而看着这一家子，第一排的群众还是突然骚动起来，有几个人赶紧站起来，把位置让给了他们，随后又沿着中殿的侧道走到教堂最后面去。德梅特一家人正对着继续布道的神父，坐了下来。

没错，圣婴从此降临在我们中间，上帝把自己的儿子赐予了我们……

当德梅特一家消失在安托万的视线中以后，艾米丽突然转过头来，用一种奇怪而又执著的眼神盯着他看。

这会不会有什么问题？她是不是知道些什么？

他努力地想从她的眼神中找出些什么含义来，然而她已经把头转了回去。莫非她是在传达什么信息？她想跟他说什么呢？

而且，她还一反常态地沉默了许久。这时，提奥突然又插话了：“他们已经知道要去哪里搜寻尸体了。”说罢，他本能地朝教堂门口望去。

“已经找到一些证据了……”

这句话让安托万的脑电波突然达到爆点：他马上明白过来，艾米丽是在用眼神示意他，不要留在这里。

她是在说，快逃！没错！他们肯定是在等弥撒结束，然后就来抓他。原来他已经落入陷阱，说不定现在警察已经在外面拉起了警戒线……

明日，凡世的罪恶将被彻底摧毁，而主宰我们的，将是那救世圣主。

安托万将会在人们涌向出口的时候被堵住去路。慢慢地，人们纷纷回头，眼神开始搜索，到底是谁迫使警力在圣诞夜里出动，来到了教堂前。用不了多久，安托万将独自一人走在过道上，所有人都会把路让出来。

人群惊叫起来……

他将别无选择，只能乖乖地把自己交给警察，或者等德梅特先生迈着沉重的脚步追上来。等安托万转过身，便会看到，雷米的父亲把猎枪扛在肩上，枪口正对准了他的额头。

安托万叫了起来，可是他的声音却完全被另一声惊叫盖过去了。

“雷米！”

坐在第一排的贝尔纳代特突然站起身，大声唤着自己的儿子。瓦朗提娜不停拉扯着她的衣袖，好一会儿她才慢慢坐回座位。

凯尔纳瓦尔夫人被这声叫喊吓到，停止了演奏，唱诗班也稀稀落落地没了声音。只有穆绍特先生雷鸣般的嗓音依旧响彻教堂，很快管风琴的声音又响起来，唱诗班也继续唱起被打断的歌，歌声里透露出一种坚决，好像是在嘱咐所有人，在这片混乱中要紧紧地团结在一起。

上帝啊，我们的救世主，祂不断施以我们仁慈和温情。是祂拯救了我们所有人！是祂……

神父并没有停止工作，嘴角似乎非笑地看着眼前发生的一切，不管是德梅特一家的到来还是管风琴和唱诗班短暂的出离，他都泰然处之。他很高兴自己是上帝选中的子民，在这群显然已经乱了阵脚的听众面前，扮演着最严苛的道德模范。这次仪式的混乱直接证明了，他的信徒们需要他，而他作为兄长或父辈，也肩负着给他们指出一条明路的责任。眼前发生的一切已经超出了他们的能力，这群信徒就像被判了刑的人一样，顺从地倾听着弥撒。

安托万也慢慢平静了下来。不会的，对于一个杀害儿童的凶手，他们不可能这么怠慢，一旦证据确凿，他们肯定会马上逮捕。提奥刚刚说的那些话，也只不过是为了保住他的面子，况且，前一天他到处散播的那些揣测，不也因为弗兰肯斯坦被捕的消息传出而自讨没趣了吗？安托万心知肚明，马尔蒙的肉铺老板没有任何罪要认，他们不久就会释放他的。那么，接下来又会发生什么呢？

……天使来到人间对牧羊者们说："我来告诉你们一个普天同庆的好消息，今日，你们的拯救者降临了，他就是你们的救世主，你们唯一的主。"

年轻的神父自认完全掌握了听众所有的注意力，于是用低沉的嗓音开始了他的说教，他的职责就是传达圣意。

显然，他对前一天博瓦尔镇发生的事是完全知情的（他可是整个大区消息最灵通的人），而且他本人也认识小雷米，每逢星期日，这孩子总是会陪他的母亲来做弥撒（而这家的男主人却鲜少露面）。在他的眼里，在这样一个圣诞夜晚中，小雷米也许就是一个小天使。看着坐在第一排的这对夫妻悲痛欲绝的脸，悲伤的情绪像是毛细作用般在整个人群当中扩散开来。他被眼前的景象震惊了：人们本应该为耶稣的降临而衷心喜悦啊，然而没有一个人的脸上写着欢愉。

显然，信徒们被这严峻的事实蒙蔽了双眼，他们不再清楚自己正在做的事情有什么意义。神父沉默良久。

"我们总是不断经历着生活的考验……"他终于继续说道。

神父的声音突然变得清晰而响亮，回荡在整个教堂中，尤其是最后几个字，说得更加铿锵有力，余音久久不散。

"可是，请你们记住，思想的果实，是爱，是喜悦、平和以及耐心……耐心一点吧，再等一等，你们就会明白的！"

从听众们的表情来看，他想传达的信息并没有被理解，还得要解释。于是年轻的神父再次坚定地投入到他的事业中来，以至于声音都在颤抖；这位乡间修道院院长，此刻只想引起人们热诚的回应。

“我亲爱的兄弟姐妹，我理解你们的苦痛，也愿与你们分担，我的心与你们同在。”

现在就清楚多了，从人们的眼神中可以看出，刚刚的这番话引起了人们的反响。于是，他又受到了鼓舞。

“然而，苦难的出现并不是偶然的……什么是苦难呢？它是上帝最美妙的工具，因为苦难让我们接近上帝，苦难是我们达到上帝般极致完美的必经之路。”

他巧妙地着重强调了“美妙”两个字，整个人完全投入到这段讲话当中。本来他早就准备好了将要在主教区三个教堂讲演的文稿，然而此时，文稿已经被他完全抛弃。他的信仰正在代替他说话，上帝正在指引着他，他觉得自己从来没有被赋予过如此高尚的使命。

“没错！因为苦难、痛苦和悲伤，正是我们的赎罪方式……”

沉默片刻后，他把手肘撑在讲台上，俯身看向他的听众，柔声继续道：

“那么，赎罪又是为了什么呢？”

问题一落，人群陷入了一片长久的沉寂。这样的气氛让人们仿佛身处学堂里，就算有人像学生那样举起手来，也没有人会感到吃惊。神父直起身子，突然挥舞着食指，指向天空，用不容置疑的语气说道：

“是为了让我们每个人都战胜自身的罪恶！上帝赐予我们考验，就是为了让我们证明自己的信仰有多深厚！”

神父转过身，对凯尔纳瓦尔夫人悄悄说了几句话，而她也深深点了一下头。

管风琴的声音重新响彻教堂，穆绍特先生明亮的嗓音也紧跟了上来，继而唱诗班全体成员都唱起了恩典颂：

> 我们的上帝总是施善于人，
> 哈利路亚，我们盛情赞美祂！
> 祂降恩于世，赐予我们孩子，
> 哈利路亚，我们盛情赞美祂！
> 让我们以爱回馈上帝，就像祂爱这世界一样……

信徒们一个接一个唱了起来。他们自己都很难说清楚，到底是因为受到了安慰和治愈，还是只是习惯了顺从，才加入到合唱中来。不过，神父显然很满足，他已经做了自己应该做的事。

最后一次祷告结束后，人们看见他像往常那样展开了一张纸，开始播报教区通知。

“为了找到我们亲爱的雷米·德梅特，明天早上我们会组织一场搜寻活动。警察号召能来的志愿者都参与进来，明天早上九点钟，大家先在镇政府会合。”

这条通知给了安托万重重一击。

人们将去树林里进行地毯式搜寻，然后他们肯定会找到雷米。这一次，他是无论如何也逃不掉了。

消息一落地，也在信徒中间产生了强烈反响。人们开始喧哗骚动起来，神父威严地摆了摆手，人群又安静下来。

然后，他马不停蹄地开始了赐福仪式。他还得赶到孟居去，时间已经不早了。

8

走出教堂的时候，男人们都纷纷走到德梅特先生身边，拍拍他的肩膀，或是说上几句不咸不淡的话。贝尔纳代特谁都不看，径直朝前走了，而他们的女儿瓦朗提娜，却还杵在对面的人行道上，只见她双手插在夹克衫的衣兜里，用一种矫揉造作的冷漠，看着从教堂里涌出来的人们，大家不禁在想，她到底在等谁。

此时的安托万腹部隐隐作痛，他害怕极了，却又没有任何人可以诉说，这是一种多么可怕的孤独啊。他无心逗留，只想赶紧回家，于是不停地穿梭在人群当中。

像往常一样，提奥被他的奉承者们簇拥在中间，而他显然又在大嘴巴地“泄露”什么秘密，身边的小伙伴们都惊得瞪大了眼睛。安托万大步走过他们身边，继续赶他的路。等到安托万终于被打败的时候，提奥将是整个中学里的王者，再也不会有任何人胆敢挑战他的权威。

安托万心里产生了一种强烈的挫败感，筋疲力尽，几乎快要窒息。

走到院子门口时，他又回过头，看见自己身后远远的地方，他的母亲挽着贝尔纳代特，慢慢地走在一起。

看到两人悲痛的身影，安托万受到了致命一击：德梅特夫人正在为她死去的孩子哭泣，而走在她身边的，正是凶手的母亲……

安托万推开了门。

家里此刻正弥漫着烤鸡的香味，他的母亲在去教堂之前就把鸡塞进了烤箱。圣诞树的脚下散落着几个礼物盒，跟往年一样，母亲总是绞尽脑汁，永远不会让他发现这些礼物是何时被放在这里的。他没有开灯，屋里只有霓虹灯在闪闪烁烁。心情沉重……

经历了弥撒的考验，眼下与母亲的圣诞晚宴又令他沮丧起来。

库尔坦夫人对待日常生活中的所有节庆与活动，都贯彻着一种仪式教条主义，很少有什么事情能逃脱她的这种癖好。一年又一年，他们的圣诞夜总是以一模一样的形式度过。曾经，天真烂漫的安托万也为这种仪式由衷地感到兴奋，然而随着时间的流逝，对他来说，这已经变成了一种折磨。说实话，这顿晚餐实在漫长得可怕。他们得先看完电视一台的节目，在晚上十点半开始吃饭，午夜十二点的时候交换礼物……库尔坦夫人从来不去区分圣诞夜和元旦前夜的晚宴，总是用同样的方式组织，唯一的区别是，元旦没有礼物。

安托万爬上楼去找他给母亲买的礼物。每年都得给她买一件不一样的礼物，这可绝对不是个轻松的任务。他从衣柜里拿出一个盒子，但却记不清自己到底买了什么了。盒子角上的金色标签上，写着“烟草　彩票　礼物——约瑟夫-梅林路11号”。他是在勒梅西耶先生的店铺里买的，店铺左边进门处有一扇橱窗，那里面摆放着一些刀具、闹钟、桌布，还有记事本……可实在是想不起来今年买的是什么礼物了。

这时，他突然听到母亲推开了院子大门，于是他迅速冲下楼梯，把自己的盒子放在了其他盒子中间。

库尔坦夫人一边挂着大衣，一边嚷道：

“天哪！这都是些什么事儿啊……”

与贝尔纳代特手挽手走了一路，她被弄得心烦意乱。这已经是小雷米失踪之后的第二个晚上了，再加上今晚乱成一锅粥的弥撒，还有说着让大家做好最坏打算的神父，好吧，他原话不是这么说的，可是他就是这个意思，以及弗兰肯斯坦的被捕，再怎么说，这也是她的一个熟人，所有这一切都让库尔坦夫人无法用理智去理解。

她摘下帽子，又把大衣挂上去，边摇头边穿上拖鞋。

“我问问你……”

“什么？”

“绑架这么一个小不点……”

“哎呀，快打住，妈妈！”

可是库尔坦夫人完全刹不住车。只有在脑海里想象出一些画面，她才有可能理解。

“我是说，你能想象吗？绑架一个六岁的孩子？首先，这能有什么用呢？”

此刻，她的眼前浮现出一个画面，然后忍不住咬着拳头，泪流满面。

这么长时间以来，安托万第一次产生了想要走近她，把她抱在怀里安慰她，请求她原谅的想法，可是母亲悲痛的脸庞使得他心神不宁，不敢移动半步。

“等人们找到他的时候，这个小不点，肯定已经死了，这毋庸置疑，可是死相将会多么难看呢？”

她把围裙一角折起来，擦拭着眼角的泪水。安托万完全崩溃了，飞奔着离开客厅，爬到楼上房间里的他，终于失声大哭。

他甚至没有听到母亲走进房间的声音，只是感觉到她的手放在了脖子上，这次，他没有甩开她。是不是到了该承认一切的时刻了呢？安托万把脸埋在枕头里，和盘托出的想法从来没有这么强烈，他甚至已经开始准备措辞了，然而，解脱的这一刻还是没有到来。

库尔坦夫人发话了：

“我可怜的孩子，这件事对你来说也不轻松吧……说到底，那是个多么善良可爱的小不点啊……”

现在，她又说起了雷米的过去，继而无言沉思，脑海里满是这残忍的画面。安托万呢，只听得到血流冲撞着太阳穴的声音，这声音震耳欲聋，令他头疼欲裂。

年末的仪式也因此第一次被打破了。

库尔坦夫人打开了电视，却没有心思看。桌上的烤鸡跟往年一样巨大（圣诞夜的鸡就得跟动画片里画出来的美国火鸡一样庞大，吃一个星期才能吃完），两人坐上饭桌，完全不关心现在是几点钟了。

安托万什么都咽不下。母亲眼睛盯着电视屏幕，把一块白肉放在嘴里咀嚼了好久。娱乐节目的音乐充斥着整个餐厅，人们笑着，赞叹着，主持人们脸上洋溢着幸福，握在手里的麦克风像极了几个冰激凌球，他们大声喊着几句应景的话。

母亲心不在焉地吃完饭，又一言不发地收拾好餐盘，简直与平时判若两人。接着，她把圣诞木柴蛋糕端上了桌，安托万一直很讨厌这道甜点。她用一种极其温和敦厚和吸引人的语气说道：

“总算可以拆礼物啦，要不我们来看看吧？”

他的父亲总算有一次没有搞错礼物了，包裹里装的确实是PS游戏机，可是安托万只隐隐感到了一丝若有若无的喜悦，现在的他已经是孤家寡人，要去跟谁分享呢？他甚至不敢想，自己还有没有明天。若是被捕，他能带上这个玩意儿一起走吗？

“你要记得给你爸打个电话。”库尔坦夫人边打开自己的礼物边提醒道。

她装出迫不及待的样子，到底会是什么呢？安托万终于想起来他买的是什么了：一个屋顶可以打开的小木屋，还能播放音乐。

“真是太美了！”母亲已经惊叹起来，“你在哪里买到的啊，简直太棒了！”

她把发条转上，一边微笑听着音乐，一边在记忆的曲库里搜索着。这是那种所有人都听过无数遍，却从来不关心它叫什么的曲子。

“啊，我知道这首。”库尔坦夫人找着说明书，自言自语地说。

此时她念道：

“理查德·罗杰斯的《雪绒花》，对的，也许是……”

她站起身来，亲吻了安托万，而这位却早已在忙着把游戏机与电视连接起来。既然是他父亲送的礼物，肯定得有些什么不对劲的地方：他原来要的是《古惑狼赛车》，而送来的却是《GT赛车》，而且还是去年的版本。

库尔坦夫人把餐桌收拾好，洗完餐具，回到客厅。晚餐时她给自己倒的酒，连碰都没碰过，此刻又拿在了手上。她看到安托万手里拿着游戏机手柄，眼睛却放空地盯着墙上方不知哪里的一个黑点。她刚想开口问他怎么了，门铃突然响了起来。

安托万吓坏了，马上跳起来。

这样一个晚上，而且在这个时间点，会是谁呢？

就连从不害怕的库尔坦夫人，也带着一丝迟疑，慢慢走向门厅。她打开猫眼，把额头靠在门上看了一会儿，然后急忙把门打开。

“瓦朗提娜！”

小姑娘嘴上一直说着抱歉的话。

“是我的妈妈，她把自己关在房间里，谁来都不开，谁叫都不答应……爸爸想问问……”

“我马上就来！”

库尔坦夫人在门口和厨房之间转了好几圈，脱下围裙，又抓上大衣……

“快进来呀，瓦朗提娜！”

凑近了看，这个小姑娘与之前安托万在教堂里见到的样子不太一样，她的嘴高傲地噘着，眼神里写满了轻蔑，鲜艳的唇膏颜色，让苍白的脸色更加凸显。那双画着深蓝色下眼线的眼睛，此刻正湿漉漉的。她往客厅里跨了一步，看到安托万站起身来，简单地点了下头，而作为回应，安托万也快速招了招手。他盯着这个年轻女孩，现在她又换上了一副冷漠的样子，就好像她是孤身一人在这儿，没有人在看她。

她还保留着之前去做弥撒时的装束，红色牛仔，白色人造革夹克。像是才意识到屋里温暖得过分似的，她叹了一口气，把外套解开，露出里面粉色的安哥拉羊毛衣，浑圆的胸部紧紧贴着毛衣，格外显眼。安托万不禁觉得奇怪，为什么有人的胸可以长成这样，之前可从来没有见过这么圆的胸部。透过羊毛衫，甚至能看见她的乳头。她的香水闻起来像一种知名的花，安托万知道这种花……

“唉，你怎么还没准备好？”库尔坦夫人大衣已经穿好，不耐烦地问道。

“我也要去吗？”

“老天！在这种情况下，当然要去啊……”

她尴尬地看了一眼瓦朗提娜。

安托万不明白是什么情况使得他也必须出现在那里，她这么说难道是因为瓦朗提娜在这里吗？

“好了，我先走了，你一会儿来找我吧，安托万，好吗？”

一想到要走进邻居家的大门，面对德梅特先生，安托万的肚子就疼得厉害。

门啪的一声关上了。

他用眼神寻找着出路。

“这是什么？”

安托万猛然转过身。原来瓦朗提娜并没有跟随库尔坦夫人一起离开，她就站在安托万前面，手里拿着他的PS游戏机，做出十分好奇的样子。她手里握着游戏机手柄，两只手柄指向天花板，好像是在笨拙地拿着一个锤子。然后，她纤细的小手开始抚摸手柄，伸直的食指顺着手柄摸来摸去，好像想要看看它有多光滑，材质又是什么。

“这是什么？”她重复道，眼神紧紧盯着安托万的眼睛。

“这是……用来玩的。”安托万一字一顿地说。

她微笑着看着他，不停地玩弄着操纵杆。

“啊，是用来玩的啊……”

安托万模糊地答应了一句，然后赶忙走开，飞速跑上楼梯，走进房间里。他深深吸了一口气，心脏发了疯似的狂跳。突然他想不起来自己上这儿干什么来了，噢，对，要找鞋子。他在床上坐了下来。

筋疲力尽的感觉再次袭来，他忍不住躺倒在床，闭上了眼睛。

眼前重新浮现出瓦朗提娜的手，他仍然能感觉到她犹如磁场般的存在。此时的痛苦和疑虑如此强烈，以至于他重新找回了那种焦急的感觉。

恨不得自己马上被抓起来，被逮捕。

急切地想承认一切，得到解脱，然后终于可以睡着。

再也不能像这样在恐惧中，在这种疯狂的想象中活下去了，与之相比，自首的可怕后果也慢慢变得淡薄。只要他一合眼，比如此刻，雷米就会出现在眼前。

总是同样的画面。

躺在黑洞里的小男孩，向他伸出双手……

安托万！

或者只有那只想紧紧抓住什么的小手，还有那越来越远，渐渐消逝的雷米的声音。

安托万！

“你已经睡下了吗？”

安托万就像触电了一般，从床上弹起来。

瓦朗提娜站在门槛上，外套已经被她脱下来，用食指钩住，随意地搭在肩膀上。

她正在用一种称不上好奇的好奇心，观察着安托万的卧室。然后她往前走了几步，安托万从来没见过她这样轻盈舞动的步伐。刚刚闻到的香水味，也充斥了整个房间。

瓦朗提娜并不看他，慢慢地闯入房间里，就像在参观一个博物馆，表情随意又冷淡。

安托万浑身燥热，试着找到合适的举动。他弯下腰，抓到自己的鞋子，开始系起了鞋带，一直不敢抬头，眼睛只能直勾勾地盯着地板。

他感觉到瓦朗提娜慢慢地走进了他已经不能再狭小的视野。走到他面前站定时，她的双腿微微张开。安托万只能看到她的白色网球鞋和微微打湿的红色裤腿。这时他要是抬起头，视线就会撞上瓦朗提娜的裤腰带。

他继续做着自己的事，可是手已经抖得不听使唤，下面的阳具突然勃起，他几乎感到了一丝疼痛。瓦朗提娜却没有移动半步，耐心地等着他终于系好鞋带。安托万只好一跃而起，为了避免碰到她，绕道而走，可是他们之间的空间如此狭窄，很快他就失去平衡，重重地摔在了床上，接着又像鲤鱼打挺一样迅速翻个身，生怕瓦朗提娜看到他裤裆鼓鼓囊囊的隆起。等他再爬起来的时候，他已经走到了门边……

瓦朗提娜没有转身，而她的外套已经落在了地上，安托万只能看到她的后背。

只见她一动不动地站在床前，两只手在胸前交叉，环抱着自己的肩膀。安托万先是注意到她手指上艳丽的粉色指甲油，然后又忍不住把目光聚集在那浑圆的屁股上，它看起来如此紧实，还有那纤细的髋部，以及她背上若隐若现的胸衣肩带。

突然，他感到一阵不适，说不清楚到底是自己开始失去平衡，还是瓦朗提娜正在晃动她的身体，令人难以察觉地蠕动，就像在跳一种无声而又静止的色情舞蹈。

安托万靠在门框上，觉得自己需要透透气。快！得马上出去！

他三步并作两步地跑下楼梯，冲向厨房的洗碗槽，把水量开到最大，捧起一捧水就把头埋了下去，然后他打了个激灵，抓起抹布开始擦脸。

等他把抹布放下时，又瞥见瓦朗提娜的身影穿过走廊，走到了门边。外面的空气瞬间冲进屋内，安托万赶紧跑过去，而彼时瓦朗提娜已经走到了马路上，步伐稳健，不慌不忙。她漠然地穿过父母家的院子，走进家门，却并没有把门关上。她如此确信，安托万肯定就跟在身后。

还没反应过来，安托万人已经在德梅特家了。

这所房子特有的味道扑面而来，安托万一直很讨厌这种味道。这是一种混合着白菜味、汗味和地板蜡的味道……

安托万迈了一步，又赶紧停下。

德梅特先生就坐在长桌子的另一头，一动不动地盯着他。

他突然就明白了，其实瓦朗提娜来找他，只是为了把他带到这里，引到她父亲跟前来。

小姑娘假装在客厅里逗留，漫不经心地打开电视，伸出一只食指随意地摆在柜子上，然后仔细端详起安托万。此时的她已经完全变了一个人，变成一个笼罩在阴影里的轻佻少女，弟弟的灵魂飘荡在这个屋子里，像是一种威胁。突然，她转身上了楼，没有任何表示，也没有看任何人一眼。

“她们在楼上。”德梅特先生用低沉沙哑的嗓音说道。

他扬起头指了指楼上，从那里传出来一阵无法辨认的低声细语。客厅里没有开灯，只有厨房的一个灯泡和圣诞树上的霓虹灯亮着，那是跟库尔坦家一模一样的霓虹灯，也许是在同一家店买的。

安托万已经无法动弹。德梅特先生的面前，摆着一个空酒杯和一瓶葡萄酒。他若有所思地垂下眼帘，保持着这种状态，沉默良久，然后又像是突然想起来客厅里还有别人，他指了指自己身边的椅子。安托万害怕他会站起身来到门边，强迫自己坐下，于是只能害羞地走向前，走得越近，看得越清，这个野蛮又壮实的男人就越让他感到害怕。

“坐吧……”

安托万把椅子拉过来，发出一种像粉笔在黑板上划过一样的刺耳声响。德梅特先生凝视他良久。

“你说，你是不是很了解雷米？”

安托万微微抿起嘴唇：“对，算是吧，我是说，有点了解……”

“你觉得这个孩子，他会离家出走吗？他才六岁啊！”

安托万摇摇头。

“你觉得他这个样子能走到很远的地方去吗？他还能在自己出生的地方迷了路？”

安托万明白，德梅特先生并不是在问他，他肯定已经冥思苦想好几个小时了。安托万没有回答。

“还有，他们为什么拒绝晚上去搜救？警察还能没有灯不成？”

安托万微微摊开双手，无力解释。

德梅特先生身上的味道本就够难闻了，再加上一股酒味，实在令人难受，看样子他没少喝。

“我走了……”安托万自言自语地说。

德梅特先生没有任何反应，安托万只好小心翼翼地站起身来，好像生怕吵醒了他。

突然，德梅特先生猛地转向他，抓住他的髋部，把他拉到了自己跟前。他用手环抱住安托万的腰，把头埋在他的胸前，痛哭失声。

安托万差点被他的重量压倒，但好歹还是站住了。他看到雷米父亲粗厚而雪白的后颈，因为哭泣而剧烈颤抖，与此同时，还呼吸着他浓重的体味。

被这样两只强壮有力的臂膀牢牢锁住，安托万想死的心都有了。

矮柜上面摆放着德梅特一家人的照片，它们被框在风格杂乱的相框里，而其中的一个相框里此时空空如也。就在这个相框里，曾经摆放着交给警察的那张照片，雷米穿着黄色T恤，额头前还留着一缕发髻……

他们并没有把其他照片重新排开，以此填补这个空缺。他们还在等着雷米的照片重回原位，等着所有一切，都恢复正常。

9

太阳似乎再也不愿露脸，整个城镇完全笼罩在乳白色的天空下。第一批到的人看到德梅特先生，面向他的花园，呆呆地杵在路上。他脚上穿着一双厚重的靴子，身披一件米色皮质大衣，拳头紧握揣在兜里，湿漉漉的石子地面映出人的身影。那阴沉的脸色，就像这开不了笑颜的天气。

来的人里面，更多的是男人，还有几个安托万不太认识的十六岁、十八岁的年轻男孩。

安托万一夜没合眼，感觉身上的力气已经全部被掏空。

当他从窗户上看到人们都把车停在德梅特家门口，准备集体出发去镇政府时，他的心就不停在打鼓。

“什么意思，你不去吗？”

库尔坦太太大发雷霆。如果不去，人们会怎么说他，怎么想他，怎么想作为母亲的她和他们一家人？就算只是为了贝尔纳代特……整个小城的人都会去支援这次搜救，这已经变成了一种义务。

“穆绍特一家人，他们怎么就不去！”安托万辩驳道。

话一出口，他心里便明白，这是在强词夺理。这世上没有谁比穆绍特一家更加仇恨德梅特一家了。有的人甚至说，幸亏他们两家的房子中间还隔了库尔坦一家的房子，要不然，这两家人早就把对方掏心挖肺了。

“这你又不是不知道……”库尔坦夫人说道。

为了不让事态发酵，安托万只好让步，顺从地下了楼。

他跟几个人握了握手，尽量与德梅特一家保持着最远的距离，不过他们此时也被人们团团围住了。瓦朗提娜还是穿着昨天那条红色牛仔裤，只不过在这悲惨灰暗的天色的映衬下，像是褪了色，这个年轻的女孩被一小群人包围着，显示出一种不得体的老成，又显得那么微不足道。

人们开始出发，往会合地点聚集。

德梅特夫妇远远跟在人群后面，他们越是沉默不语，流言就越是肆虐，人们议论纷纷。首先是这个池塘，人们已经说了好多年，应该在通向池塘边的路上增设一个安全设施，可是镇政府却毫无作为。

还有这次搜救行动，到底是镇政府还是省政府牵的头？

连续两天来，在村民们心中逐渐膨胀的愤怒找到了一个新的宣泄口，与其说人们是在抱怨镇政府，不如说是在抱怨镇长，或者是韦氏工厂的老板。这次社会危机，使得公众心里长期累积的愤懑，变成了一种仇恨心理，混杂在各种各样的不满情绪中，由于公众长期以来不知道如何宣泄，这件事便成了所有人的一个出气筒。

民事安全局在镇政府门前支起了两顶白色的大帐篷，警察和消防员都在。唉，可是猎狗呢？人群中有人问道。库尔坦夫人正忙着跟杂货店老板娘说话，安托万竖起耳朵想听，却什么也听不清楚。脑海里有一种奇怪的嗡嗡声在不停震动，他听到的话好像都包裹上了一层柔软的外衣，只能偶尔辨认一个字母或是一句话的结尾。喂！安托万！他转过身，原来是提奥。

“你没资格来这儿！”

安托万吓得张大了嘴巴，他怎么……接着镇长儿子就趾高气扬地宣布了一个坏消息。

“只有成年人才能参加！”他这样说着，好像自己并不受这条规则约束似的。

库尔坦夫人猛地转向他俩。

“这是真的吗？”

这时一位警察走过来，就是前一天盘问过安托万的那位。

“至少要满十六岁才可以……”

他似笑非笑地看着两个男孩，继续说道：

“你们想参加的心是很好的，只不过……”

后来的人陆陆续续加入到人群中，队伍也慢慢壮大起来。人们互相握着手，脸上露出谦卑而又坚决的神情。镇长和民事安全局的人以及警察们正在商谈，谋士们早已纷纷打开了地图。这时，一辆牵着四条猎狗的卡车到达了现场。啊，这才像样嘛！又有人说了一句。

花了很长时间，才把人群分好组，每组由一位警察或一位消防员领导。他们清晰而又坚决地发布了行动指令，男人们戴着毛线帽或套着衣服上的连帽，纷纷点头表示明白。

安托万数了数，总共有十几个八人小组。

电视台的人也来了，引起了不小的轰动。摄像师的镜头扫过一群争先恐后想要挤进来的人，他们毫无组织纪律，毫无责任感可言。每个人都有话要说，记者有些无所适从。安托万看到一个她从没见过的女人，紧握双拳抱在胸口，诉说着她有多么震惊，就好像她才是那个失踪孩子的母亲。就在听她倾倒满腔情绪的同时，记者踮起脚尖，绝望地寻找着失踪儿童的父母。发现他们以后，她就在人群中左推右搡地逃走了，那个女人甚至连话都还没说完。摄影师跟在她身后，两个人在人群中走得扭扭弯弯，终于走到了白色帐篷前。

德梅特夫人看见他们的时候，突然暴哭起来。摄影师迅速把摄像机架到了肩膀上。

此时他所拍摄的画面，将在两小时之内传到法国的每个角落。

德梅特夫人惊慌不安的样子，还有她的哭诉，实在令人心碎。“把他还给我。”短短几个字，几乎听不清。

说得颤颤巍巍，令人肝肠寸断。

周围的人们都被这样的场面感染，人群慢慢安静下来，不自觉地陷入了凝思，大家都害怕这是一个不好的征兆。

年轻的警察队长举着扬声器，走上了镇政府的台阶，其他戴着袖章的警察则开始分发传单。

“非常感谢大家能过来帮忙，尤其是今天天气还这么糟糕……”

听到这句话，每个人都或多或少地展现出一种昂扬的姿态，表现得乐于施善，十分慷慨。

“请大家务必仔细阅读刚刚发到你们手上的指令。不要在台阶上拥挤，把精力集中在你们看到的东西上。我们必须确保，搜寻过的每一寸土地都可以被排除在寻找范围之外。大家都听明白了吗？”

人群一阵嘈杂，大家纷纷表示明白。

就在警察讲话的时候，安托万却分了神，他看到神父和安东纳提夫人也一起来到了现场。

“我们总共有九组人员，其中四组人跟驯狗师一起往池塘方向搜，三组人往公有林区西边的边界去搜，最后两组往圣犹士坦方向搜。

安托万马上僵住。好了，一切都结束了，终于解脱了。

现在他知道接下来会发生什么，而他又该怎么做了。从某种意义上来说，事情反而变得更加简单了。

“午休过后，我们再根据上午每个组的进展情况，来调整搜索目的地。如果今天的搜救行动没有结果，明天我们依然会向大家求助。”

就在此时，科瓦尔斯基先生出现了。

他慢慢地走着，每一步都犹豫不决。凡是他经过的地方，都立马变得鸦雀无声。人们并不是出于敬重而给他让道，而是因为他看起来好像刚从地狱里出来。从嘴型看，大家都在说，他被放出来了……人们面面相觑，却又保持着审慎。他只是临时被放出来吗？没人得到半点消息。

等科瓦尔斯基先生慢慢走近镇政府，身后的那些人便开始低声表达起自己的想法。人是放了，但很有可能只是缺少证据……毕竟，警察不会乱抓人，他们只会抓跟这件事相关的人，不管是直接相关还是间接相关。空穴才会来风，无风又怎会起浪。这个科瓦尔斯基，听说他的店铺经营不善，所以才不得不去好几个村子沿路叫卖，这才不至于入不敷出。

科瓦尔斯基的脸上看不出任何波澜，他总是拉着一副苦大仇深的长脸，再加上他那深陷下去的颧骨和厚重的眉毛……

当他走过安托万和他母亲时，库尔坦夫人十分刻意地背过身去。他走到警察面前，微微张开手说道，我来了，请告诉我，你们想让我怎么帮忙。

警察看了看其他组员，分明感受到了他们的负面情绪。好些人背过身去，其他人则逃避着眼神接触，还有些态度更坚决的，已经等不及开始上路了。

“我明白……”警察说，“行吧，那您跟我们一起走吧。”语气里透着一种疲倦。

人群纷纷开始上路，大家又继续展开了讨论，民事安全局发下去的指导材料马上被人们丢弃，在地上铺了一地。

安托万回到家，手肘撑在房间窗户上，久久地望着远处。等他们找到雷米的尸体，就会打电话给警察局，然后人们就会看到开着警示灯的警车纷纷上路，往圣犹士坦树林的方向驶去。

终于，他关上了窗户，来到浴室。

他把医药箱里的所有药片都倒出来。跟大部分法国人一样，库尔坦夫人是重度药物消费者，医药箱里什么药都有，而且数量还不少。倒出来的药片堆成了高高一堆。

安托万忍着恶心，一把一把地把药片塞下去，哭成了泪人。

10

胃里开始翻江倒海，像是发生了一场海啸。一阵痉挛从胃部开始，猛烈地从下至上穿过整个身体。肾脏像是被整个击碎，继而海啸爆发至喉咙，令他活生生地从床上弹了起来。他埋下头，只听到五脏六腑里传来一阵咕囔声，仿佛是从喉咙里发出来的。一股胆汁涌上来，他感到自己几乎要窒息了，踉踉跄跄地想找回平衡。

此时的他已经筋疲力尽，整个背部不停折磨着他。海啸的波浪每袭击一次，他的身体就拼了命地想从这具皮囊中逃脱出去，想变回原来的他，想化作一摊水，想逃之夭夭。

就这样过了整整两个小时。

他的母亲不停地忙上忙下，给床脚下地毯上的水盆换水，给他擦擦嘴角，用冷毛巾给他敷着额头，然后又下楼去。

等到痉挛终于平息，安托万又昏睡过去。

在梦里，他依然如此疲惫不堪，没有一丝力气。躺在那个巨大的黑洞里，连手臂都抬不起来，只有两只小手在颤颤巍巍地挥动着，已然用尽了全身力气。死神正在来临，不，它已经在这里了，拉着他的两条腿，正在慢慢地把他拖向自己，雷米越陷越深，最后终于消失……

安托万！

他醒了过来，发现天色漆黑。不知道现在具体是几点钟，但应该不是半夜，因为楼下传来了电视的声音。他竖起耳朵仔细听着教堂的钟声，当风向从教堂往这边吹的时候，他在房间里能隐约听到一些声音，而此时，风正从百叶窗里灌进来。是六声，不过他也不能确定数对了没有，那就当是早上五点到七点之间吧。

他看了看床头柜，上面摆着一个水杯和一个水壶，还有一瓶他没见过的药。

这时，门铃突然响了，电视也被关掉了。

是一个男人的声音，压低了嗓音在窃窃私语。

接着是上楼的脚步声，迪尔拉夫瓦医生独自一人出现在了房间里。他一只手把随身携带的皮箱放在床边，然后俯下身来，另外一只手放在安托万滚烫的额头上试探了一秒钟。随后他依旧一言不发，脱下大衣，拿出听诊器，整理好床单，又卷起大褂的袖口（他是什么时候穿上的？已经想不起来了），然后开始安静地做起检查。他的双眼一直盯着一个虚空而又飘浮的点。

楼下的电视又打开了，只不过声音被调小了。医生开始检查起安托万的脉搏。检查完毕后，他收起听诊器，若有所思地坐在那里，两腿微微张开，两手抱在胸前，一副谨慎却又思绪万千的样子。

迪尔拉夫瓦医生约摸五十出头，他的父亲是个布列塔尼水手，一辈子随船去了不少地方，这件事大家都是知道的，只不过关于他母亲的身世，却众说纷纭：有人说她是个越南保姆，有人说她是个中国妇女，或许是个泰国女子……由此看来，这些流言蜚语并没有透露出关于这个女人的太多信息，也就是说，至今人们对她一无所知。

迪尔拉夫瓦医生扎根在这里已经快二十五个年头了，可是几乎没有人看到他笑过，没有人有这个荣幸。他成天穿梭在乡镇的条条大路上，没日没夜地接待病人。所有人都认识他，所有人都曾求助于他，也继续求助于他。他曾参加过几十个婚礼、教堂聚会或是洗礼，他出席过葬礼的老人，用一拖车都拖不完。然而人们对他本人一无所知，只知道他没有妻子，也没有孩子。杂货店老板娘的女儿负责打扫他的公寓，他自己则承担了诊所的卫生。每逢礼拜天，无论刮风下雨，人们总能看到他的诊所大门敞开，迪尔拉夫瓦医生穿着年代久远的大褂，正在用吸尘器除尘，细心地打磨，擦拭。如若有病人趁机来问诊，他便把门打开，把病人请进来，打地板蜡的压缩罐和抹布随手搁在办公桌一角，把手洗净之后，就立即开始看诊。

安托万靠着枕头坐了起来，他的胃已经历过千回百转，让他疼痛难忍，嘴里还有一股呕吐物的味道，十分恶心。

迪尔拉夫瓦医生一动不动，沉浸在自己的思绪中。他那宽大的混血儿的脸庞看不出任何表情，还有那静止不动的样子，这一切让安托万感到十分不自在。但是慢慢地，安托万又开始感觉，他好像不在这个空间里了，就好像他只是房间里的一处家具，于是安托万也任凭自己沉浸在翻飞的思绪中。所以说，他没有成功。本来想就这么一了百了，可是最终他还是活了下来。现在他可要想想该怎么解释这一切了。突然他想起了那次搜救，人们成群结队往圣犹士坦树林出发的场景还历历在目……看来，他已经没有什么要解释的了，只需要承认现在大家都知道的事实。想到他即将面对的一切，压力压得他喘不过气来，以至于他又闭上了双眼，陷入枕头里。

“你愿意跟我说说吗，安托万？”

医生的嗓音十分温和，依然没有移动一分一毫。

安托万没有力气回答这个问题。雷米的死对他来说是一件既迫近又遥远的事情，太多杂乱的事情充斥在他的脑海里。他们把雷米的尸体放到哪里了呢？他想象着贝尔纳代特坐在雷米的尸体边，尝试着用自己的手把他的小手搓热……

他们是在等迪尔拉夫瓦医生通报犯人已经无恙了，再来逮捕他吗？警察们是不是已经在楼下控制了他的母亲？也许因为他是未成年人，所以要派医生来记录招供吧……他已经不知道自己该回答哪个问题了。

半明半暗的房间让他不停地想起雷米。他应该也是被人们从一个暗无天日的地方拉出来的。

安托万想象着那时的场景，一群男人围作一圈，俯身看向那棵大榉树。德梅特先生显然没有把这个机会让给任何人，自己下去找他的儿子了。就连消防员也恭敬地站在远远的地方，只是把担架和毯子抬到了一边，一会儿好遮盖尸体。德梅特先生把孩子往自己身边拉的那一刻，场景令人十分心酸。他抓住了雷米的一只手臂往上拉，人们先是看到了雷米的头，马上就有人辨认出他栗色的头发，然后是他的肩膀。他的身体变得如此支离破碎，身体部位错错落落地从底下浮现出来……

安托万泪如雨下。

他甚至意外地感到松了一口气。此时的泪水已经不似从前，当他还是自由身的时候，那是焦虑的哭，而此刻，哭却是因为感到了一种内心深处的宁静，是焦虑殆尽，找回平静之后的泪水。

迪尔拉夫瓦医生微微地点了点头，仿佛是在对一些安托万没有说出来的话表示赞同，就好像他分明听到了这些话。

安托万的泪水就像断了线的珠子，源源不断地往下落。说不清楚为什么，这一刻他竟感到了一丝幸福。他原本已经不再期盼了，现如今他感到了如释重负。这一切都结束了，而这些泪水是属于他童年的泪水，一种充满着保护力的泪水，让他感到心安。从此以后，不管人们会把他带到哪里去，他的内心都将保持着这份安宁。

就这样，医生静静地听着安托万哭了好长一段时间，然后才站起身来，合上提包，又拿上了大衣，连看都没看他一眼。

随后，他一言不发地走了出去。

安托万慢慢平静下来，擦了擦鼻涕，又靠着枕头重新坐起来。也许他应该穿戴整齐，好迎接来逮捕他的人们……他有些手足无措，毕竟是第一次碰到这样的事。

先响起来的，是母亲上楼的脚步声。看来他们派了母亲来帮他穿衣服，然后再把他带下去。真希望他们派来的是别人，而不是母亲，她肯定会在警察拉走安托万的时候，整个人扑倒在他身上。

库尔坦夫人走进来的时候皱起了鼻头，房间里这股呕吐物的味道实在太难闻了……

她捡起床脚下的盆子，端到门外的走廊里，然后又走进来。尽管外面刮着大风，她还是打开了一扇窗门来透气，寒冷的空气一股脑地灌进了房间。安托万看到母亲的额头上皱起一道道横杠，心里明白，她正在为什么事而烦忧。

这时她才转身看向儿子，说道：

“现在看起来好多了，不是吗？”

还没等安托万回答，她又拿起床头柜上的药瓶，倒出一咖啡勺的药。

“那只肉鸡，真是绝了……我全都扔掉了。谁都想不到，竟然会有人卖这样的肉！”

安托万没有任何反应。

“好了，快喝吧！这是治食物中毒，消化不良的。喝了它你会好起来的。”

母亲的话里只是简单地提到了一次意外中毒，这让安托万又困惑又焦虑，他满心担忧地吞下了药水，完全弄不明白到底发生了什么。库尔坦夫人重新盖上药瓶，又说道：

“我煲了汤，给你端一碗上来。”

安托万回想起来，母亲刚刚提到的肉鸡，他几乎碰都没碰。而且，如果他是因为吃了肉鸡而食物中毒的，那他的母亲也吃了啊，为什么她就没事呢？

他试着回想一切是怎么发生的，可是记忆模糊不清，如同一团乱麻。显然，他已经分不清哪些是现实，哪些又是梦境。他想站起来，可是两条腿虚弱无力，马上就失去了平衡，只能赶紧扶住床沿。他又想到了瓦朗提娜，她来到房间的事，到底是现实还是梦境呢？眼前又浮现出瓦朗提娜站在他面前，而他在假装系鞋带的情景，当时他也是着急地想起身，却不得不摔在了床上，就像现在这样……

接着就是圣诞前夜的晚餐，还有之前，德梅特先生从腰间把他抱在怀里，最后就是人们出发去林场和圣犹士坦树林搜救的事……

他闭上眼睛，等着身体上的不适渐渐消失，然后又试着站起来。这一次他扶着墙边，扶着家具，慢慢一直走到走廊上，推开浴室的门，靠在洗手池边，打开药柜。

空空如也。

他十分清晰地记得，自己睡过去的时候，药片乱七八糟地散落在床头柜上，有一些甚至掉落在地……那些药片都到哪里去了呢？

他又艰难地回到了房间。

重新躺回床上，感到如释重负。

“来吧……”

库尔坦夫人给他用托盘端了一碗热气腾腾的汤上来，然后小心翼翼地把托盘放在床上。

“我不是很想吃。”安托万虚弱地说。

“说的也是啊，消化不良就是这样，一整个礼拜都会变得病恹恹的，什么都不想吃。”

楼下电视的声音，也让安托万觉得十分蹊跷。他的母亲从来不会在大白天把电视打开，甚至可以说，这与她的价值观相悖。照她的说法，电视会让人变得愚蠢。

“迪尔拉夫瓦医生说他晚上会再过来一趟，来看看是否一切都好。我都跟他说没这个必要了，你看起来已经好多了，总不至于因为一次简单的消化不良就搅得天翻地覆吧！不过你也知道医生这个人，太有责任心了……看来，他肯定会再来一趟的……”

库尔坦夫人在房间里转来转去，一会儿从书桌走到窗边，一会儿把已经关好的门重新关上，毫无用处地忙乱着，试图找到一种自然的举止，却又透露出一种尴尬，与她说话时坚定又稳重的嗓音形成鲜明对比：

“真是只变质的肉鸡啊，你能想象吗？啊，我再也不会上这个当了！”

安托万看出来她一直在避免说起科瓦尔斯基的名字。这就是她的处事方式，只要不谈论某件事，这件事就不存在。

“不过，话又说回来，一次消化不良，又不是什么国家大事。我就是这么跟医生说的，他之前还说要住院，说了一大堆话，结果呢，最后就开了个催吐药，就没了。”

她这么说着的时候，好像是要让安托万为这件事做证一样。

“我更愿意把这玩意儿称作呕吐药……好了，你真的不喝我的汤吗？”

在这么一长串的解释后，安托万依然一头雾水，不知道她想说什么，库尔坦夫人突然一脸急切地起身离开。

“要我把灯关掉吗？你最好再睡一睡……没错，最好的药，就是睡眠……是休息！”

说罢，她自作主张地关掉了灯，又带上了门。

房间又沉没在一片半明半暗中，只听到越来越大的风声，也许一场暴风雨即将来临。

安托万尝试着把他听到的以及明白过来的那些碎片重新拼凑起来，那些从床头柜上消失的药片，医生的来访，还有他母亲说的话……所有这一切都指向哪里呢？

想着想着，他又睡了过去。

门铃重新响起，他被惊醒了。

他说不清楚，自己只是稍微打了个盹，还是睡了很长时间。掀开被窝，他凑近半敞着的门，辨认出医生的声音。

库尔坦夫人轻声说道：

“是不是最好让他再多睡一会儿？”

可是楼梯上还是响起了脚步声。

安托万赶紧重新躺下，缩到床的另一头，闭上了眼睛。

医生走了进来，在床边一动不动地站了很久。安托万全身紧绷，努力地控制着自己的呼吸。人们睡着的时候是怎么呼吸的呢？他尽量让呼吸节奏变得又慢又长，因为对他来说，这比较像睡着的状态。

医生往前走了几步，终于又在床边坐下，上次来访时他也坐在同一个地方。

安托万只听得到自己的心跳和外面的风声。

“安托万，如果你有什么烦恼的事……”

医生说话的声音十分轻，像是在克制着什么，不想张扬什么。安托万不得不竖起耳朵才能听明白他在说什么。

“不管什么时候，你都可以向我求助，白天晚上都可以。你可以直接来找我，或者给我打电话，怎样都行……接下来的一两天你应该会觉得很虚弱，但过了这几天一切应该就会恢复正常的，也许到那时，你会想跟谁聊一聊……当然，你不是一定要这么做，只是说……”

医生一字一句慢慢说着，却没有把话说完，最后那几个字就像是轻飘飘的水汽，蒸发到了空气里……

“要是我把你带到医院去住了院……事情可能就会是另一番模样了，你明白吗……现在，我们处在了这样一个情况中，我不知道怎么说……我今晚之所以来，是想告诉你，不管发生什么事，我的意思是，万一有什么事发生的话，你都可以让我帮忙，可以向我求助……不管是什么时候。没错，不管是什么时候……”

安托万从来没有听迪尔拉夫瓦医生说过这么长的一段话，包括这个城镇里的任何一个人，谁都没听过。

医生又这样静静地待了好长时间，把时间留给安托万，想弄明白他是否在听着，是不是把这些话都听明白了。随后，他起身离去，跟来的时候一样，如同一个幽灵。

安托万完全无法意识到这一切。迪尔拉夫瓦医生并不是在单纯地跟他说话，而是给他轻轻地唱了首摇篮曲。

他没有改变睡姿，睡意很快就袭来，朦胧中听到风的咆哮声不断传到房间里，就像那个与之斗争了无数次的撕心裂肺的叫喊声……

安托万！

他再次醒了过来，不知道为什么，这一次他很确信，时间已经很晚了。然而，楼下的电视依然打开着。

前一天发生的事情突然在脑海中变得无比清晰。人们出发去搜救，那些药片，还有医生的来访……

他本来是想逃走的。

这个也想起来了，他本来是想逃走的。

他从床上爬起来，感到全身无力，但还能站稳。然后他又迅速地跪下来，在床底下翻找着。什么都没有。

可是，他确定，也完完全全确信，曾经把装满衣物的背包扔在了床底下。还有他卷成一团的衬衫。

他又重新站起来，走过去把矮柜的抽屉打开：所有东西都归置到了原处。他的蜘蛛侠人偶又放回了地球仪旁边。他又打开书桌的抽屉，本来放在这里的证件也都不见了。

必须得弄明白才行。

他把房间的门悄悄打开一个缝，静静地走下楼梯，听到一楼的电视还在发出悄声细语的声音。他走近门口的矮柜，整个脸皱作一团，轻轻拉开第一个抽屉。他的护照、出境许可证都在，正面朝上，整齐地摆放在原处……

此时，他确信了，一定是他的母亲把床头柜上的药片处理了，把原本要用来出逃的背包收了起来，又把他的护照和存折放回了原处……

当她知道安托万想逃走的时候，心里是怎么想的呢？实际上，她知道了些什么呢？也许什么都不知道吧。可与此同时，她恐怕也知道了最重要的事。自己的儿子与雷米的失踪是如何联系在一起的呢？她会怎么猜测呢？

他关上抽屉，一步一步走回去，然后看到他的母亲坐在离电视机屏幕很近的地方，像个盲人一样看着电视。电视上正在播地方电视台的午夜新闻，声音低得几乎听不见：

“……关于周五下午失踪的儿童。很遗憾，昨天组织的公有林场搜救行动，并未取得任何成果。此次搜救范围并未完全覆盖该名儿童可能去过的所有区域，尤其是圣犹士坦树林还未搜寻。警察决定明天上午进行第二次搜救行动。”

报道画面中出现了肩并肩站成一排的男人们，在慢慢向前行进着……

“民事安全局的潜水员们首先搜索了博瓦尔的池塘，明天上午他们将继续去其他区域搜索。”

看到母亲倾身看着电视屏幕，一脸焦急的样子，安托万感到一阵心酸，寻死的想法又一次在脑海中冒了出来。

“有线索的居民，请拨打屏幕下方的免费热线电话。请注意，小雷米·德梅特失踪当天，身穿……”

安托万又上楼回到房间里。

原来人们没能在一天内搜完整片树林，还要进行第二次搜救，时间就在第二天上午。

一切都会回到原来的位置。

安托万不会再有第二次机会了。

他再次热切地盼望，这场威胁了他两天的暴风雨快点降临。

外面的风，越刮越猛了，刮得百叶窗撞在铰链上，发出巨响。

11

风狠狠地刮了一夜，越刮越猛烈，就连那密集厚重的大雨，下到清晨时分，也因被风追赶而变得疲软无力，不得不缴械投降。

暴风雨所及之处，满目疮痍。人们本来还期望这场风暴能逐渐示弱，可却眼见着它越发肆虐地席卷了整个大区。

整座城镇的人都被惊醒了。

这两天积累起来的疲劳感重重地压在安托万身上，再加上昨天夜里，他又是一夜没合眼。

整个晚上，他都在想象，这一发不可收拾的悲剧将会演变成什么模样。就这样躺在床上，他听着外面的风声雨声，听着玻璃在百叶窗后面瑟瑟发抖的声音，以及风灌进烟囱时发出的低沉啸叫，突然觉得，这座在暴风雨下颤抖着的房子，与自己的命运，竟是如此混沌地联系在了一起。此外，他又不停地想到自己的母亲。

关于雷米的失踪以及自己的儿子在其中所扮演的角色，她完全没有掌握任何具体细节。不论是谁，碰到这种情况，恐怕都会终日沉浸在阴森恐怖或天真无辜的想象中，而库尔坦夫人，却有她自己的一套。她在那些困扰自己的事件和想象中间，竖起了一堵又高又坚硬的墙。穿过这堵墙到达她的焦虑情绪也因此变得若有若无，继而被她用那些说不清又道不明的日常琐事和习惯，很好地掩盖了。生活总是高于一切的，她很喜欢这句话。这就意味着，日子还得照常过，往日的生活已经不复存在了，但将来的生活要过成自己想要的样子。现实不过是人的意志的反映，何必被一些无用的烦恼所困扰呢？而远离烦恼，最保险的方式，就是无视它。这是必经之道，这么多年的生活经验告诉她，这是百试不爽的一招。

儿子吞下了药柜里的所有药片，想就此了结自己的生命。没错，大家可以这样去理解。但是，如果把这件事解释为科瓦尔斯基先生卖给了她一只变质的肉鸡，造成了食物中毒，这件事马上就变得不那么严重了。只是运气不好，遭遇了件坏事罢了，喝两天汤，一切又会好起来。

这一夜阴森的氛围也难以溶解安托万的万千思绪，门外的狂风发出巨大的噪声，像是要把房子掀翻，而整座房子也像一个发怒的马达，不停地发出轰隆隆的声音。

安托万终于决定下楼看看。他在想，母亲是不是才躺下，她还穿着跟前一天一样的衣服。电视屏幕依然亮着，声音被调到了最低。

桌上还摆着她早上准备好的早餐，平日里用的那些器皿都像往常一样摆在餐桌上，可是她没有打开百叶窗，房间里一片昏暗，就像是在晚上吃早饭。从屋子里穿堂而过的风，吹得厨房里的灯剧烈摇晃。

“我刚才没能打开……”

她惊慌失措地看着自己的儿子，甚至没有跟他问好，也没有关心他的身体状况……没能把窗户打开这件事，完全震惊了她。她的声音里隐约透露出一种不安。天气预报里播报的那些损失，可不是一碗汤就能换回来的……

“也许你能打开呢……”

安托万分明感觉到，母亲要求他开窗的这句话后面，还隐藏着别的什么东西，但又无法理解是什么。

他走到窗边，转动了一下把手，而此时窗门突然给了他一个剧烈的反推力，他险些摔个人仰马翻。最后，他只能奋力地抓着把手，才成功把窗门重新关上。

“最好还是等风小一点儿吧……”

他坐下来准备吃早饭，心里明白母亲不会问他任何问题。库尔坦夫人用跟往常一样的手法，在干面包片上抹着果酱，果酱瓶也依然放在桌上的老位置。安托万一点都不饿。母子俩无声地交流了好几分钟，似乎都在盘点着对彼此的不解，终于他收拾好餐盘，回到了自己的房间。

他发现PS游戏机又被放回了包装盒，于是决定把它拿出来，尝试着玩一局，然而他始终忧心忡忡，最终又作罢。

听到电视声音响起来时，他赶紧跑到走廊，往楼下走了几步。有人在播报，接下来的几个小时内将会有暴雨，且将伴有强风，建议人们不要外出。

原来眼下的情况，只不过是刚开始。

不到一小时之后，天气预报的预测都成了现实。

窗户像纸张一样剧烈抖动着，风从各处猛烈地灌进来，整座房子嘎吱作响，如同发生了地震。

库尔坦夫人焦急地爬到谷仓上去查看，结果连五分钟都没能坚持：屋顶的瓦片在狂风暴雨下剧烈颤抖，雨水从缝隙里顺着墙流下来，流到了地板上。下楼的时候，她被吓得脸色苍白。

此时，突然传来一声巨响，她被吓得跳起来，发出一声尖叫……声音是从房子的最北面传来的。

“你别动，我去看看。”安托万说道。

他套上一件派克大衣，又穿上了鞋。库尔坦夫人本该做点什么阻止他，可是当时她已经完全被吓蒙了，没有意识到，当安托万打开门时，会遭遇什么样的危险。她大声地叫着他，然而为时已晚，门已经合上，安托万已经在外面了。

令人担忧的是，沿路停在人行道边的车辆，正在像活物般窜来窜去。雷声不断轰鸣，就像一条随时准备跳起来的发怒的牧羊犬，闪电也是一阵接着一阵，蓝色的光照亮了周围的房屋，其中有一些屋顶分明已经开裂了。

街道的另一边，两条电线杆子交叉倒在地上。狂风卷起一堆杂物，雨布、木桶、木板，随时都有可能从手边或脸旁擦过。人们隐约能听到消防车的鸣笛声，不知道消防员们正去向何方。

风力如此之大，安托万感到自己随时可能被风扔到院子的另一头，甚至更远的地方。必须紧紧抓住一个什么牢固的东西才行，可是环顾四周的汽车和屋顶，他瞬间明白，在这种情况下，没有什么东西是稳固的。安托万缩成一团，只能两只手交替抓住什么东西，才能慢慢一步一步往房子的另一头走。这时，他往墙角瞥了一眼，差点没来得及把头缩回来，一块旋转的铁皮就在离脑袋几厘米的空中飞速划过。他赶紧跪下来，尽量把身体压低，双手抱头保护着脑袋。

院子里的杉树已经被风刮倒了。这棵树还是快十年前的圣诞节期间种下的，安托万回想起从前的家庭盛宴，当时他的父亲还住在这所房子里。

整座城镇在狂风中不停地扭曲着，像是要被连根拔起。

安托万站起身，才稍微松了一口气，马上就被一阵飓风扇走，摔倒在一米开外的地上。他挣扎着想站起来，可风力实在是太大了，他马上又滚倒在地，一路滚到院子墙根，撞了上去。于是他就在墙角蜷成一团，头放在两个膝盖中间，完全屏住了呼吸。

好一会儿，他才稍微回过神来，看来返回大门口已经成为一个不可能完成的任务了。

他看到了德梅特家的房子，想到原本应该在今天上午进行的第二次搜救行动。现在这个点，人们本该已经出发去圣犹士坦树林了，可是显然，外面一个人都没有，就连走到街角都已经成为一件不可能的事。

他匍匐着爬到隔开两家院子的栅栏边，偷偷地朝德梅特家看了一眼。院子里的秋千已经躺倒在地，而其他的东西都被风刮到了矮小的围墙边，包括那些垃圾袋。那个装着狗的尸体的垃圾袋被风撕烂，尤利西斯的骨架有一半已经露了出来，开膛破肚的尸体依然毛茸茸的，看起来十分暗沉。

安托万被吓坏了，赶紧转过头，却看到自家屋顶一角的天线摇摇欲坠。

要不是想到了他的母亲，想到她还没看到自己回去该有多么担心，安托万可能会一直蜷缩在墙角，看着这所房子在自己眼前支离破碎，灰飞烟灭。

为了尽可能不让风有可乘之机，他趴在地上，花了整整一刻钟的时间，匍匐着穿过了院子。最后他成功地绕了房子一圈，找到了后面的小门，这里能稍微遮挡一些风力。等他终于进到屋里时，早已疲惫不堪。

他的母亲赶紧冲过去，把他搂在了怀里。她上气不接下气的样子，就好像刚刚出去与暴风雨做斗争的人是她，而不是自己的儿子。

“我的老天爷！这样的鬼天气，我竟然让你出门了……”

无法想象，这场灾难何时才能停止。雨已经完全停了，雷声也慢慢平息，只有这狂风，一刻比一刻刮得更迅速，更猛烈。

他们别无他法，只能关好门窗，困在黑灯瞎火的家中，听着整座房子吱吱嘎嘎的开裂声，就像大海上被卷进龙卷风里的船只。屋顶的天线恐怕早已被风刮走了：电视在上午快11点的时候就失去了信号。一个小时之后，电源也被切断，电话也打不通了。

库尔坦夫人坐在厨房里，两只手紧紧握着已经变凉的咖啡杯。安托万心中突然燃起一种保护欲，不想让母亲一个人待在那儿，于是他走过去在她身旁坐了下来。看着母亲饱经苦难的神情，安托万突然想把自己的手放到她的手上，但他还是忍住了，因为他不知道，如何才能找到一个合适的契机……

他突然想起，透过客厅的百叶窗，有一个地方可以直接看到外面。而此时，他所看到的场景把他吓得魂不守舍。之前还停在路边的两辆车早已没了踪影，一棵两米多长的大树在路上飞速地横冲直撞，一会儿撞上这家的围墙，一会儿又撞到那家的庭院大门……

风暴鼎盛期持续了将近三个小时。

快到下午四点钟的时候，才终于平息下来。

博瓦尔镇的居民们被眼前这副惨烈的景象惊得目瞪口呆，一些德国的气象学家把这次暴风雨称为战神“洛瑟”。

但是很快，人们又不得不迅速回到屋里。

暂时让位于暴风的大雨，跟这场灾难协同配合，此刻又回到了主场，好一顿耀武扬威。

12

暴雨以骇人的威力冲刷着整个博瓦尔镇，仅仅几分钟时间里，天色就已经黑得伸手不见五指。风消失得无影无踪，倾盆大雨垂直砸在地上。街道马上就被雨水淹没，水流慢慢变成溪流，又汇成河流，几个小时前的飓风刮走的东西，都被水流带走，垃圾桶、信箱、衣物、箱子、木板，甚至还有一条小白狗，在水里奋力地游着，直到第二天人们才在一堵墙边看到它被撞得粉碎的尸体。几小时前被风刮走的汽车，此刻又在水面旋转着，往相反的方向漂过去。

突然，安托万听到从地下室里传来了东西跌落的声音，他打开门，想把灯打开，但是供电依然没有恢复。

“安托万，别下来。”库尔坦夫人说道。

但此时他已经取下挂在墙上的手电筒，往下走了几步。眼前的一切吓得他屏住了呼吸：地下室的水已经有一米多深，所有没有固定住的东西都浮在了水面上，露营的东西，装在纸箱里的衣物，还有一些箱子……

他赶紧把门重新关上。

“我们得赶紧上楼了。”安托万说。

必须赶紧把一切安排好，因为如果洪水以现在这个速度淹没一楼的话，没人知道什么时候能再下来了。门外湍急的水流不停撞击着大门，好像想要硬闯进来，与此同时，库尔坦夫人急急忙忙把储存的食物和所有她认为珍贵的东西都放在楼梯台阶上，其中包括她的手提包、影集、一份装在鞋盒里的正式文件、一小盆植物（为什么这盆植物如此重要，大概没有人能说清），一个她的母亲给她的靠枕，这样子看起来就像是准备要去逃荒。安托万则负责把家里所有的电器插头都拔下来。水以肉眼可见的速度涨了上来，先是漫上了去往地下室的门口，然后是整个地板，慢慢地又蔓延至每一个房间。等他们把放在一边的东西都移到楼上时，一楼的水已经积到两三厘米高了，没有任何东西能阻挡这种涨势。

安托万坐在楼梯的台阶上，看着水面刚刚漫上第一个台阶，然后又缓缓涨上来。水面上无精打采地漂浮着几个沙发靠枕，几本电视节目预告册，几本填字游戏书，几个空盒子，还有厨房里的塑料扫把……

这种状况让他感到十分焦虑，他们肯定得逃到楼上去了，可是这样就能保证安全了吗？他想起那些关于洪水的报道中，漫天大水淹过屋顶，人们为了求生，不得不蹲在屋顶，紧紧抱住烟囱的画面。他们会不会也落到这般下场呢？

暴风雨又重新降临在城镇上空。震耳欲聋的雷声在人们头顶响起，让人觉得它近在咫尺，就发生在自己的房间里。白亮刺眼的闪电划破窗户，灼人双眼。雨依然没有停歇，水势不断上涨。

安托万决定跟他的母亲待在一起。现在风已经停了，库尔坦夫人已经在楼上转了一圈，把所有房间的百叶窗都勉强打开了。

从窗户望出去，他们看到自己生活的角落又改变了模样。洪水淹没了一切，院子里，花园里，以及人行道上，积水都已经达到了三十多厘米。米白色的水流翻滚着掠过街道，湍急的水涡旋转着，就像突然泄闸的河流。一座座屋顶都被狂风捅破，上百片瓦片不翼而飞。

他们的房子怎样了呢？安托万抬起头，看到天花板已经变了颜色，变成了一种深色，水珠不停在各处渗落。他开始担心，整座屋子会不会就这样在头顶轰然倒下。然而，这个时候出去也是不现实的。透过窗户，他看到超市用来送货的小卡车被水流冲向了另外一边，后面还跟着另一辆卡车，仿佛是哪里突然决了堤，再也没有任何东西能保持稳固。穆绍特家的标致汽车也在水面上缓缓旋转着，就像一个陀螺，一会儿撞在某堵墙上，一会儿又把路牌撞变了形。几分钟过后，水流愈发急躁，一浪盖过了一浪，镇政府的汽车也被撞得团团转，然后又撞上了镇政府的围墙。

库尔坦夫人哭了起来，也许跟安托万一样，她也感到了害怕，不过她更是为眼前这一切的消失而哭泣。她已经跟这些东西相处多久了啊，然而现在，它们正以迅雷不及掩耳之势从眼前消失。也许，对每个人来说，这场灾难都是一种个人的考验。

安托万忍不住用手臂环抱住自己的母亲，然而这是徒劳。库尔坦夫人已经完全被眼前的景象惊呆，仿佛被施了魔咒，灵魂出窍了。无情的洪流掠过街道，遇到什么砸烂什么，任何东西都不放过。接着，安托万看到原本摆在学校一楼的那些课桌椅在水面上排成一排，就像是一次性被扔进了水里。看到此情此景，他也遭到了重重一击。洪水已经离他越来越近，侵犯到了他的个人生活。

他突然想起了雷米。

这场洪水会越涨越高，越涨越高，一直涨到山丘顶部，涨到圣犹士坦林区，然后涨到雷米那里，接着他的尸体就会浮在水面上，从藏身之地漂出来。几分钟以后，整个小城里的人就会看见，小雷米的尸体从街道上漂过去，就像一个幽灵。他将会仰面躺在水面上，两只手臂和嘴巴都大大张开，人们将会在离这里几公里以外的地方重新找回他的尸首……

而此时的安托万早已筋疲力尽，再也没有力气哭了。

他们就这样等了好几个小时。安托万不时跑去查看一楼的水涨到了哪里，此时水位已经到了餐桌桌面。

暴风雨渐渐离去了。

大概下午三点的时候，博瓦尔镇又下了一场密集的大雨，只不过，比起早上如注的暴雨，此时的雨点已经算是温柔了。安托万和母亲完全没有办法离开房间，一楼的水位已经一米多高，天花板四处渗水，所有的被褥都湿透了，湿气弥漫，无处可逃。慢慢地，他们开始感觉到了寒冷。被困在没有电、没有电话的房间，他们成为等待救援的幸存者。

为了查看灾情，民事安全局的直升机在博瓦尔镇的上空出现了一次，然后就再也没有现身。整座城镇就这样被抛下，人们只能自生自灭。水位依然这么高，没有任何人能出得了家门。

夜幕在这悲惨的景象中慢慢降临，库尔坦夫人和安托万只能从他们的窗户中瞥见这灾难的冰山一角。

尽管街道已经没有路灯照明，但是接近晚上八点的时候，人们还是感觉到外面的水位正在下降，街道上湍急的水流也变得相对平缓一些了，一楼的水也在慢慢地排出去，水位明显下降了一些。但是，空气里弥漫着一股奇怪的世界末日的氛围，因为刚刚让位于暴雨的狂风，此时正卷土重来，仿佛是想在这最后一刻，彰显自己的崇高地位。

就在洪水撤退的同时，风力慢慢见长。人们又开始感觉到房子在地基上颤抖，门窗仿佛正被一双巨大的手挤压而变形……

阵阵狂风的声音越来越大，烟囱和门窗一起发出咆哮……

安托万和库尔坦夫人在风力变得猛烈之前，勉强把楼上的百叶窗重新关上了。

第二场暴风雨接踵而至。

如果几个小时之前的那场暴风雨被命名为战神“洛瑟”的话，接下来的这场将会被命名为武神“马丁”。

因为在这两场暴风雨中，第二场才是最猛烈、杀伤力最大的。

本来只是被捅破的屋顶，现在终于被完全掀起。被湍急的水流冲走的汽车，此时又在风力的作用下，在路上胡作非为，有几辆车的时速甚至到达了两百公里……

库尔坦夫人蜷缩在房间的小角落，把头埋在肩膀里。

她看起来是那么脆弱，目睹这一切的安托万被搅得心神不宁。他再一次在心里告诫自己，绝对不能再让他的母亲受到任何伤害。

他走过去紧紧地抱住了自己的母亲。

他们就这样待了整整一晚。

13

天亮以后，整个城镇在震惊中苏醒过来。一扇又一扇的门被打开，一个又一个民众探出头来或是走出门外，所有人都被眼前的一切吓得目瞪口呆。

虽然疲惫不堪，库尔坦夫人还是亲自查探了一番灾难现场。一楼已经完全被淤泥所覆盖。家具都湿透了，水迹在离地面一米的地方画出一条笔直的线条，整个房子里散发出淤泥的味道，还能怎么办呢？没有了电，也没有了电话……周围弥漫着一种新的寂静，时间好像静止了，空气里有种东西仿佛在告诉人们，一切都结束了。与其他人一样，库尔坦夫人也感受到了这种寂静。安托万看到她慢慢站起来，用一种更加坚定的步伐朝前走去。她走出门，瞥见院子里的圣诞树早已倒在了地上，然后又走了几步，回头往屋顶看去。她吩咐安托万赶快去镇政府，看看能不能找到人手来帮忙。

安托万套上外套，穿上鞋子，穿过吸饱了水的花园。虽然一开始并没有意识到，但如果仔细看看的话，他和母亲已经算是幸运的了。不管怎样，他们的屋顶还是奇迹般地保存下来了，虽然很多瓦片被风刮走，好些瓦片不知去向，还有很多摔碎在地上，但是损失不是太严重。

德梅特一家人就没有那么走运了。他们的烟囱被狂风拦腰截断，整个倒插下来，从屋顶一直到地窖，坍塌的过程中还把整个浴室和半个厨房压得粉碎。

贝尔纳代特裹着一件浴袍，外面套着一件过于宽松的皮制大衣，站在外面呆呆地看着天空。烟囱倒下来的时候，把雷米床上的床单都卷走了。想到烟囱突然倒下时，有可能会把躺在床上的雷米砸个正着，天花板有可能会在他头顶上塌下来，人们不禁不寒而栗……若是如此，很有可能他现在已经丧命了……两天以来经历了如此深沉的苦难，贝尔纳代特似乎已经麻木，再也感受不到任何东西。她孱弱的身形落魄至极，像一条遇难船的残骸。

德梅特先生出现在雷米房间的窗前，一脸震惊的样子，就像是来找自己的儿子，却突然发现他不知所终。

瓦朗提娜也从门口的石阶上走下来，走到花园里，来到母亲的身边。她还穿着前一天同样的衣物，但是她的红色牛仔裤和白色人造革夹克衫已经脏得不像样子，就好像跟谁打了一整晚的架。蓬头垢面、面色惨白的她随意地在肩上搭了一条应该是属于她母亲的格子花呢披肩，妆面糊得不成样子，残留的化妆品在她脸上留下一道道深色的痕迹。不知道从哪里来的这个想法，安托万觉得，在这个世界末日般的背景中，昔日那个性感又傲慢的少女现在看起来，就像一个被驱赶到路边的落魄妓女。

另一边穆绍特家的房子，百叶窗都已经被风掀走，雨棚坍塌下来，花园里随处可见盘子大小的玻璃碎片，像是在跟散落一地的瓦片残渣争夺地盘。

安托万瞥见艾米丽把脸贴在窗户上，一脸疲惫的样子。他抬起手，简短地跟她打了个招呼，艾米丽却没有回应，只是眼神涣散地盯着街上某个不知哪里的地方。她面无表情一动不动的样子被框在窗户的框架里，看起来就像一幅古代少女的画像。

艾米丽的父母也已经开始忙碌起来。穆绍特先生像机器人一样清理着现场，只见他机械地把花园里散落的残渣往塑料袋里装，而他那美若天仙的太太，则拉扯着艾米丽的衣袖，仿佛她往街上看，是件有失体面的事一样。

往镇中心走的路上，安托万看到整个城镇呈现出一片被轰炸过的景象。

所有车都不在原本的位置上了，狂风把它们一直卷到了博瓦尔镇的出口，被横跨在路上的铁路桥柱子挡住以后，那些汽车一辆叠一辆地堆成了一座钢铁山，轻一点的摩托车、电动车或是自行车，则散落在各地，地窖里，汽车底下，花园里，河里都能见到它们的身影。好几扇橱窗都炸裂开来，风猛烈地灌进商店，把杂七杂八的商品吹得满街都是，随处可见被水泡得发胀的医药用品，摔得粉碎的五金件，还有摆在勒梅西耶先生店里出售的礼物。那些只损失了四五十片瓦片的房主应该已经觉得十分走运了，因为其他人已经完全没有了屋顶。

隔壁工地上的起重机也倒在了洗矿厂的房子上，那十六世纪留下来的屋架已经成为记忆。在花园里，或是被摧毁的房子废墟上，时不时会发现一个婴儿的摇篮、一个洋娃娃、一个新娘的头冠，以及其他零碎的小物件，这些东西像是被上帝精心地摆放在这里，只是让人们明白，上帝的安排总是深不可测，凡人不能按字面意思去理解。年轻的神父此时应该正在忙着向整个省的信徒们解释，发生在他们身上的事情，其实是一件好事。看样子，眼下的情况可够他忙上好一阵子了。等他回来，便又可以措辞道，上帝是一个极其敏感，又十分爱作弄人的存在，只须看看教堂的现状就可以略知一二：教堂的圆形彩绘玻璃确实受损严重，可除此之外，整座教堂结构相对没有遭受太大损失。所有的彩绘窗都碎成一地，只有画着圣人尼古拉的那扇窗还完好无损，而这位圣人，通常被认为是难民的守护神。

镇政府广场上的梧桐树被风连根拔起，横倒在主干道上，把一辆小卡车压得粉碎，整个城镇也因此被截成了两片区域，不管哪一片都受灾严重。原本停放在镇政府门口帐篷处的一辆大篷车，在水流的猛烈作用下撞上镇政府的墙面，撞了个稀巴烂，人行道上乱七八糟地散落着塑料餐具、床垫、橱柜门、床头灯、枕头，还有一些储备食物。

在镇政府，安托万碰见了同样来寻求帮助的十几个人。所有人都在详尽诉说着家里的损失，每个人都把自己家说成是受灾最严重的家庭。有人说家里有年幼的孩子、年长的老人需要庇护，还有人说家里的房子就快塌下来了，每个人说的都是实情。

此时，韦泽先生手里拿着一堆纸，一脸忙碌地从办公室下来，提奥也跟在他的身后。走到镇政府大厅，来到人群前，他开始解释一堆没人愿意听的事情。消防员们此时应该正忙得不可开交，况且现在也不可能联系到他们，因为电话线路也不通。省政府和电力公司肯定已经制订了计划，准备恢复电力，可是没人能说清楚多久以后才能恢复，是几个小时，还是几天……人群中发出一阵高声叫喊。

“我们应该自发组织起来，”镇长摇晃着手里的纸张说道，“首要任务是要把大家的需求统计好。镇政府议会将集中处理那些最紧急的求助。”

说这些话的时候，镇长明显选择了行政措辞，以此彰显他的处事能力和坚定的态度。

“体育馆受损的情况不算严重，现在最紧急的事情是开放体育馆，接收所有无处庇身的人们，给所有人提供热汤，寻找保暖的毯子……”

韦泽先生的话语里透着一股坚定。在这样混乱的情况中，这番话显然很有道理，人们也因此感到了一丝安心，开始有了一些头绪，渐渐明白接下来应该怎么做了。

“为了恢复博瓦尔镇内的交通，得把倒下的那棵梧桐树给锯开，”镇长继续说道，“所以说，我们现在需要人手，很多人手……恳请灾情不是很紧急的人，向受灾最严重的人们伸出援手。”

此时，凯尔纳瓦尔夫人神情激动地走了进来。

她宣布道："瓦勒内尔先生躺在他家花园里！已经死了，是被一棵树砸死的。"

"您确定吗？"

就好像财物损失还不够似的，现在又加上了人员伤亡。

"我确定！我推了他，他一动没动，连呼吸都没了……"

这番话令安托万再次想起雷米的死，眼前又浮现出他试图摇醒雷米的场景。

"那得赶紧去找他，"镇长说道，"马上……得把他抬到他家楼上去。"

然后他停顿了一下，也许是在思考，如果救援来得太晚，应该采取什么措施。该怎么处理一具尸体呢？又或者是好几具尸体？要把他们安置在哪里呢？

人群中有人发问："谁来照顾他的女儿呢？"

韦泽先生不禁把手放到了后脑勺，一副为难的样子。

在此期间，又有其他人陆陆续续到了，有两名镇政府议员默默地站到了镇长身后。有些人提出可以提供避难的地方，也有人说知道该去哪里寻找毯子，还有人表示可以在体育馆提供志愿服务。人群中开始慢慢形成一股团结互助之情，韦泽先生则宣布，一个小时后将在议会厅举行一次会议，所有人都可以参加，大家将一起决定……

突然，人群身后发出一声咆哮。

所有人都回过头来。

"那我儿子呢！"德梅特先生吼道，"谁来帮我们找他？"

他在几米远的地方站住，拳头紧握，挥舞着手臂……让人们感到震惊的是，他并没有像人们预料的那样怒不可遏，而是声音里充满了无尽的哀伤。

“我们今天早上不是要去搜救的吗？”

他的声音顿时弱了下去，问这个问题时的语调，更像是一个突然迷路的人正在问路。

所有在场的人都在前一天参加了警察组织的那场搜救，没有人会怀疑他们对德梅特先生的境遇采取了袖手旁观的态度，可是他所要求的事情，和人们眼下所面临的现实情况之间，产生了如此大的裂痕，没人敢贸然做出必要的解释。

韦泽先生不得不承担起这份责任，他清了清嗓子，正准备发话，却被一个清晰而坚定的声音打断了：

“我说，罗杰，难道你没有看到现在的形势吗？”

所有人都转过身去。

穆绍特先生两手交叉抱在胸前，一副要教训人的样子。艾米丽的父亲是一个永远披着道德外衣，占据道德制高点的人。在被解雇之前，他就是个令人头疼的工头，对什么事情都吹毛求疵，从来不懂得包容和宽恕。此时，他就站在他的老对头德梅特先生对面，就在离他几米远的地方。所有人都还清楚地记得，他们还在一起工作的时候，雷米的父亲扇在穆绍特先生脸上那记响亮的耳光。当时穆绍特先生被扇得往后退了两米，直接坐在了装刨木屑的桶里，人群里迸发出一阵笑声，让本来就滑稽可笑的穆绍特先生感到更加羞辱。韦泽先生花了两天时间才暂停了肇事者的职务，但却拒绝解雇他。兴许是，他也跟所有人一样，觉得这件事无关公正，只是一场闹剧而已。

“所有的交通都被切断了，”穆绍特先生继续说道，“整个城市都受了灾，很多家庭都只能住在路上，你仍然觉得你有优先权吗？”

他说得并没有错，可是却很不公平，很明显，他只是为了发泄私愤，这种做法如此卑劣，让人们变得十分泄气。连安托万都差点想反驳他。

这要是在平常，德梅特先生早就扑上去了，人们得要花大力气才能把他们分开。而此时却全然没有这个必要，德梅特先生什么都没做，他早就料到这个结果了，即便这个结果是以如此卑劣的方式给出的，也并没有改变什么。

镇长先生弱弱地插话了：

“好了，好了。”他说着，可是却不知道该如何接下去。

人们的心情变得十分沉重，不仅因为没有办法再帮助德梅特先生找他的儿子，也因为大家心里都开始明白，无论多么悲伤，那可怜小男孩的失踪案都将被束之高阁了，在所有人的灾情面前，这件事再也不会成为大家共同的事了。

人们没法再继续寻找这个孩子，甚至已经开始接受他的失踪了。

有的人心里在想，即便他是走丢了，甚至在几个小时前还活着，到现在这个点也应该命丧九泉了。

有人甚至已经宁愿相信，他是被绑架了……

人群沉默了，对于德梅特先生来说，这预示着他将成为孤家寡人。

穆绍特先生得意于这场并不光彩的胜利，走到镇长跟前，主动提出自己的帮助，并询问有没有他能够帮忙的地方……

回家的时候，安托万本想弄点清理打扫的工具，找一个手电筒或是一些电池。他没有带钱，但在这种情况下，人们肯定会愿意让他赊账，只不过五金店被撞得坑坑洼洼的铁卷帘还锁着。于是他又想到可以去教堂弄点蜡烛。

走进教堂的时候，他撞见安东纳提夫人拎着一个重重的草编袋，颇有嘲讽意味地盯着他看了许久。

等走近了，安托万才看到，陈列架上，只剩下了一支蜡烛。

14

接连发生的风暴、雷电，还有那场滔天大雨对安托万产生了如此强烈的冲击，以至于暴风雨之前发生的那些事，都在脑海里变得模糊不清。几个小时之前，他还在想象着，雷米的尸体被湍急的水流从圣犹士坦树林里冲出来，随着水流穿过镇子的恐怖画面。当时他仿佛亲眼看见雷米像条死鱼一样浮在水面，从自己家门口漂过，又从雷米父母家门口漂过去……然而，事情并不会如他想象的那样进行了。眼下的灾情令人十分悲痛，却也出其不意地给安托万带来了一段缓冲时间。尸体也许已经被冲到了博瓦尔镇好几公里以外的地方，而线索也早已被暴风雨清扫得一干二净……

又或者说，一切又回到了原点。几天之后，人们就会再次组织搜救行动。如果雷米还在原地的话，他的藏身之所并不算多隐蔽，如若有第二次搜救，那就很难逃过搜救人员的法眼了。

此时，安托万的命运将取决于一种深深的不确定性，他开始拼尽全力，想紧紧抓牢它。

库尔坦夫人手里拿着一只扫帚，几块抹布，已经开始忙活着打扫屋子了，这看起来真是一项没有尽头的工作……安托万跟她解释了镇政府采取的措施，而这些举措对于他们来说，并不会带来任何帮助。

“他们就这么把我们抛弃了！”库尔坦夫人低声嘟囔道。

“瓦勒内尔先生死了……”

“什么？怎么回事？”

库尔坦夫人头上顶着方巾，手还在水桶上方挤着抹布，停下来问道。

“好像是被一棵倒下来的树砸死的……”

库尔坦夫人继续干起活来，却显得比方才更加迟缓了。跟很多人一样，她没办法一心二用。

“那他的女儿呢，可该如何是好呀？”

安托万的眼前闪现出一幅幅画面，突然感到一丝心酸。以后周日做礼拜的时候，谁来推着这个瘦骨嶙峋的女孩走过教堂过道呢？夏天的时候，又有谁会带着她去镇中心散步，把她推到那些她永远不会进去的商店门口，再递给她一个冰激凌，然后在巴黎咖啡馆的露台上，跟身边所有的顾客一起，看着她狼吞虎咽地吃完它呢？

平日里，博瓦尔镇的一切都进行得十分缓慢，变化总是一点一滴地发生。然而这三天以来，事件接二连三地发生，速度如此之快，又如此猛烈，令整座小城的人们都有些措手不及，一切都来得太快了。

安托万又想到了韦泽先生，虽然跟所有人一样，他也不怎么喜欢这位镇长先生，可他却在不遗余力地动员志愿者，在这样的情形下，把所有的精力都放在了维护集体利益上。然而，晚一些时候，人们才得知，他的厂房屋顶也已经被风掀走，必须赶紧采取措施来确保机器和库存产品的安全，保护好还能留下来的东西。本来人们还以为他会像大部分人一样，只考虑到自己。

安托万自言自语道，我们好歹还有个屋顶，房子也好好的，是不是应该先去帮帮德梅特一家？

“我难道就没别的事情要干了吗，你觉得呢？”

母亲不假思索的回答，带着一种令人震惊的理所当然。

下午时分，在一片寂静的空地前，镇中心的梧桐树被锯成了好几段。人们不禁思索，这棵树到底多大了呢，它似乎比镇上所有人的记忆都要久远。而如今，广场光秃秃的，变成了一块不毛之地。

通往博瓦尔镇的路上，树木成片倒下，赶来援助的技术人员遇到重重困难。交通阻塞的状况持续了整整两天。

之后，电力终于恢复了供应，紧接着电话线路也被修好了。

库尔坦家的房子发出淤泥的腐臭味，所有的家具都亟待更换。人们都在忙着填写各种保险资料，省政府也发了一些表格，承诺会发送一些紧急救灾补贴，可事实上，人们等了很久才拿到其中一部分，而剩下的那些呢，压根就没发下来。布朗什·库尔坦像只蚂蚁一样四处忙活着，一言不发，聚精会神，却又常常为了一些小事大发雷霆，言语和肢体动作突然变得粗暴。

安托万则与提奥、凯文还有其他几个小伙伴一起，投身于公益事业中。因为这两场暴风雨的来袭，安托万和提奥都早已把从前的恩怨抛诸脑后，学校里的男孩们也都争先恐后地去帮助那些受灾严重的家庭，有时甚至连自己的家人都顾不上，像极了一支童子军队伍。

最后，安托万终于忍不住了，他一个人逃走，踏上了去圣犹士坦树林的路。

林场里的上百棵树都已经倒下。狂风灌进来的入口处，倒下的树画出了一条条笔直的通道，令人触目惊心。

圣犹士坦树林里的景象则更加壮观。那里已经完全没有办法插足，倒下的树好像是被故意砍下来的，一棵一棵摆在地上……只有少数几棵，出于无法理解的古怪原因，经受住了狂风的考验，像浮标一般挺立在这满目疮痍的景象中。

安托万思虑万千地回到了家中。

库尔坦夫人从谷仓里翻出了一台老掉牙的半导体收音机，又装上了从家里各种电器上搜刮来的电池。此时她正歪着头，凑近去辨别收音机里发出的模糊而又嘈杂的声音，这架势，让人感觉又回到了二战时被德军占领的年代……

“闭嘴，安托万，让我听一听！”

队长在收音机里承诺道，小雷米·德梅特的失踪调查案不会被搁置，但是由于博瓦尔镇周围的灾情过于严重，没有办法展开新的搜救行动了。警察已经出动了所有人马，等等。

《晚间调查》栏目一整晚都在播放这次暴风雨在大区里造成的严重后果。

韦泽先生接受了采访，解释他正在努力劝服多家公司，来帮忙锯断几百公顷倒下的树木，这些树都是属于公共林场的，不能丢掉。

而圣犹士坦树林，则成为了一个争论不休的话题。这片树林的继承者数量过于庞大，这还没算上那些已经失踪的人，而且这片林区也没有任何商用价值，所以将暂时维持原状。

安托万爬上楼，回到自己的房间。雷米已经死了，消失了。

一切都结束了。

在很长一段时间内，雷米·德梅特将只出现在人们的回忆中。多年后的某一天，当这片树林被重新投资利用时，人们会在那里找到一个孩子的遗骸，只不过到那时，这将成为一件微不足道的小事。

况且，到那时，安托万肯定已经走得远远的了。

因为，从这时起，他脑海中唯一的想法，就是离开博瓦尔镇。

然后再也不回来。

2011

15

多少年过去，库尔坦夫人的个性还是老样子。安托万早已明白，与她唱反调是一件徒劳又累人的事情。所以，他答应了母亲，当天晚上去参加勒梅西耶先生的聚会。我可以跟你保证，他肯定会在晚上七点的时候才到。而他唯一争取到的事情，是可以不必在聚会上待太久。他还有考试要准备，这对他的母亲来说，是一个永远不会被反驳的借口。

他一直在等着劳拉的电话，于是决定去走一走。没有劳拉在身边，他常常感到无聊。此时，他十分思念自己的女友，想念她纤细柔软的臂膀，还有她温柔的呼吸，他迫不及待地想回到她身边，欲火焚身地与她做爱。劳拉是个有着一头栗色头发的年轻姑娘，肆无忌惮又令人兴奋，对她来说，欲望和欢愉就如同空气和食物一般不可或缺。她聪明，又不过分疯狂，会冲动地投身于一些狂热事件中，却又直觉灵敏，能在发现危险信号的第一时间抽身而出，保全自己。

她有望成为一名优秀的临床医生，但也很有可能把安托万拽入地狱般的疯狂冒险。与劳拉在一起，生活就像一场焰火，安托万充满幸福和激情地，沉浸在与劳拉的永恒承诺中。她就是安托万生活里光芒万丈的存在。有时，他也很喜欢与她分别的时刻，如此悲伤却又如此充满希望。而有的时候，就像今天这样，远离爱人让他心情沉郁，寂寞无边。他与劳拉之间的关系就像天雷地火，激情瞬间迸发，与这个年轻姑娘的性格一样，她的恋爱关系永远激情四射，却又瞬息万变，承诺往往转瞬即逝。他们的关系已经持续了相当长一段时间，如今已经是在一起的第三个年头了。而且，他俩不约而同地产生了不要孩子的想法，难得有年轻姑娘会这样想，对安托万来说，真是再好不过了：他实在无法想象，抚养一个孩子，要承担多大的压力和责任，光是想到这件事，就让他恐慌。况且安托万总是想走得越远越好，有一次，他提出了毕业后想投身人道主义事业的想法，这又与劳拉的想法不谋而合。他们美满而又充满激情的两性生活，再加上共同的奋斗目标，让他们之间的关系变得更加紧密了。有一天，劳拉突然说道：“如果要从事人道主义事业的话，从行政手续上来说，也许结婚以后会更加方便……”她的话说得如此漫不经心，就好像只是在往购物清单里随意添加了一件商品。然而这番话，却令安托万萌生了一个新的想法，并在脑海里渐渐清晰起来。

想到能够迎娶劳拉，这件事给他带来了很多安慰。再想到她用自己的方式求了婚，也让他心里感到平静了不少。

这时，他发现手提电脑的鼠标没电了，需要买一些电池。于是，他出了门，准备进城去。

当他走出母亲的住所时，还是忍不住往昔日德梅特家的院子里望了一眼。如今，那里已经新砌了一所房子，里面住着一对四十来岁的夫妇和他们的一对双胞胎女儿。库尔坦太太与他们保持了礼貌而又疏离的邻里关系，因为他们并不是真正的本地人。

那次暴风雨过后，德梅特一家人在远离博瓦尔的地方得到了一所抚恤房，就在修道院附近。当时韦氏工厂处境艰难，不得不采取了大量裁员的政策。不过德梅特先生却出乎意料地幸免于这场2000年初的解雇潮。有谣言说，他之所以能保住工作，完全是因为他的境况赚足了别人的同情。穆绍特先生对这件事也嚼了不少舌根，说了不少难听的话，然而，很快他就不再这样做了，因为仅仅几个月后，德梅特先生就死于动脉瘤恶化，在睡梦中永远离开了人世。

德梅特夫人也老了许多，一张脸饱经风霜，走路的时候也显得老态龙钟。安托万有时会碰到她，她现在已经变得体态臃肿，步伐沉重，就像干了一辈子苦活的女人一样。

安托万的母亲没有继续跟她保持朋友关系。她的表现更像是两人之间闹了什么不愉快，发生了一些不可告人的事情，两个人都过不去这个坎了。自从贝尔纳代特搬到修道院那边以后，她们也没有什么见面的机会了，除了偶尔在小商小贩那里碰到，也只是早上好、晚上好之类的寒暄，从前的邻里之情，已经被那场风暴扫荡得片甲不留。没有人注意到这件事，就连德梅特夫人自己也没意识到。在那段令人痛苦又疑惑的时间里，一些情谊就这样凭空消失了，而一些新的情感也就此出其不意地诞生。那些降临在这个城镇上的苦难，深刻地改变了博瓦尔镇的邻里格局。关于母亲和德梅特夫人之间的事，安托万知道的显然比其他人更多，但是他们极少谈及那段时间发生的事。说起“1999年的暴风雨”，库尔坦夫人常常采取轻描淡写的态度，就好像在那段时间里，值得引起注意的，就只有倒下的几棵树和被风刮走的几个屋顶一样。

从那时起，她每天都看大区新闻，每个早上都会读报纸，这个习惯坚持了很长一段时间，而在这之前，她是从来不会做这些事的。最终，她的担心和焦虑也慢慢地平息下来。有一天，她终于关掉了电视，也退掉了报纸订阅。

安托万拐向右边，朝镇中心的方向走去。他能感到，一切还是原来的样子。他厌恶这里的一切，讨厌这所房子，讨厌这条街道。他憎恨博瓦尔镇这个地方。

从高中开始，他就从这里逃了出去，选择成为实习医生。当时他的母亲还感到惊讶，他竟会做出这样的选择。如今，他还是会回来看望自己的母亲，但是探访次数总是尽可能的少，停留的时间也尽可能的短。回来的前几天，他就开始焦虑，回来以后又会穷尽一切借口，只为尽早离开。

在日常生活中，他常常会忘记这一切。雷米·德梅特的死不过是一件埋藏在久远记忆中的事，一段童年时期的痛苦回忆，他可以无忧无虑地过上好几个礼拜，不去想这件事。他也并非无动于衷，虽然心里明白他的罪名已经不复存在，但有的时候，只要看到街上的某个小男孩，电影里的某个场景，或是一名警察，都会让他突然陷入难以抑制的恐惧中无法自拔。恐慌占据他的整个身体，他感到大难临头，整个生命都会被吞噬。在这种情况下，他只能用尽全身力气，平稳地深呼吸，努力劝服自己，同时密切关注着想象力的脉搏，就像在观察一台突然过热运转的发动机，焦急地等待着它冷却下来。

事实上，恐惧从来都没有放过他。它不时地打个盹，睡上一觉，过后就马上卷土重来。安托万坚信，这起谋杀案迟早会找上门来，继而毁掉他的一生。他将惹来三十年牢狱之灾，考虑到他犯罪时还未成年，刑罚应该会减去一半。可是十五年，也就是他的一辈子了，在这之后，他将再也无法拥有正常生活，因为一个在十二岁就犯下谋杀罪的人，从来不会被当成正常人看待。

这个案件依然没有正式结案，安托万甚至没法寄希望于案件超时失效。

迟早有一天，一场始料未及的暴风雨将会突然来袭，它的力量积蓄已久，变得如此强大，所及之处都将被它夷为平地，安托万的一生，还有他父母的一生都会化为乌有。它不仅会取走他的性命，还将令他遗臭万年，他的名字，以及他的脸，都会变得人尽皆知。到那时，他现在所做的一切都将随之湮灭，人们只会记得，他就是那个杀害儿童的凶手，一个儿童杀人犯，或是一个少年杀手。而他也将成为犯罪学的一个新的典型案例，儿童心理学的一个新的临床分析样本。

所以他下定决心，要走得远远的。虽然他知道，就算走到天涯海角，博瓦尔的那些事还是会在他的脑海里挥之不去，但至少，他可以确信，不用再与和这个悲剧相关的人物见面了。

有时，劳拉会发现他突然大汗淋漓，焦躁不安，极度亢奋，而有的时候，又会看到他萎靡不振，郁郁寡欢。这样的恐慌症总是毫无征兆地发作，她无法解释其中的缘由，有时，她甚至觉得，安托万想要投身人道主义事业的愿望都会因此受挫。偏偏她又是那种一定要打破砂锅问到底的人，所以常常会把这件事情挂在嘴边，然而这是徒劳。安托万从来没有带她去过他曾经生活过的地方，如果有一天他决定这样做了，也许她还能亲自跟他的亲朋好友聊一聊，理解一些其中缘由，从而真正帮助到他。

安托万走到镇政府的时候，劳拉刚好打来了电话。

“所以呢，”她问道，“你的母亲……”

库尔坦夫人并不知道劳拉的存在，安托万神秘而又无理地向他的母亲保守了这个秘密，这也是时常让他的女友感到愤慨的一件事，不过她向来对这些世俗的事情不太挂心，只是常常拿来开玩笑，看到安托万尴尬的样子，反而觉得更加有趣。

“但愿她不会抱怨我现在不在她身边……”

这一次，安托万并不觉得尴尬，因为他太想要劳拉了。一直以来，性对他来说，就像是一种镇静剂。他迫不及待地开始跟她耳鬓厮磨，诉说着一些粗鄙难耐的话，不一会儿电话那头的劳拉就没了声音。说那些话的时候，他想象着自己就趴在劳拉的身上，想象着她闭上了眼睛。然后，他突然停了下来，紧接着是一段充满着欲望气息的沉默，电话里只听得到他深重的呼吸。

“你还在吗？”劳拉终于问道。

沉默突然变了样。安托万的心思已经不在她身上了，劳拉能感觉到。

“安托万？”

“我在……”

他的声音分明在撒谎。

从前，安托万总能看到雷米·德梅特的照片，张贴在勒梅西耶先生店面橱窗的右下角，时间一年年过去，照片也逐渐泛黄。雷米的失踪依然时不时地出现在人们的日常对话中，人们还是无法真正消化这样一起离奇的失踪案。可是线索征集告示早已变得老旧，当它掉落下来以后，也没有人再把它重新贴上去。所以后来，就只有在警察局门口才能见到他的照片了，雷米的照片与来自其他大区的失踪人员肖像张贴在一起。然而，此时此刻，就在勒梅西耶先生的店里……

“安托万？”

告示被移了位置，不再张贴在橱窗的角落，而是放在了正中间。不再是以往暗淡无色的照片，而是被放大了的生动的最新照片。

在留着光滑刘海，穿着印有蓝色小象的T恤的童年雷米的照片旁边，还贴着一幅莫名与他相似的少年图像。人们用软件模拟出了十七岁雷米·德梅特的样子。

“安托万！”

告示上不再描述他失踪时所穿的衣物，只提到了失踪的日期1999年12月23日，星期四。透过橱窗，安托万看到自己的影子奇妙地与少年的图像重合在一起，只有他明白，这是一个根本就不存在的人。博瓦尔镇的人们都愿意相信，小雷米现在还活着，并且已经在某个地方长大成人，只不过他早已忘了自己是谁。只有安托万知道，这一切只不过是幻想，是谎言。

他又想到了德梅特夫人。在她的餐柜上，是不是也摆着一张同样的告示？每天早上她看到的，是那个自己依然深爱着的孩子，还是这个她不认识的少年？她还在期盼着能看到他活着回来吗，还是已经放弃了幻想？

安托万终于回答了劳拉，但是电话早就掉线了。他有些恼火，又开始走动起来，方才的肉欲已经让位于四处蔓延的焦虑。我在这儿，他这样对劳拉说着，但是其实，他只想坐上汽车，赶快逃离这里。

“你什么时候回来？”劳拉问他。

“很快，后天……还是明天。我也不知道。”

其实他本来想说：马上就回。

他放弃了买东西的计划，回到家中。爬上楼，来到自己的房间，然后开始尝试读书，做笔记。那张告示让他很不自在，整个人忧心忡忡。可是，他也不停问自己，除非他们找到了尸体，还有什么别的事能给他带来威胁吗？案件一直没有正式结案，可是已经没有人主动去找雷米了。这样杞人忧天的态度是很不理智的，但他总觉得这座城镇本身就是危险，每次他向这座城镇靠近时，就会身临险境。

他曾经强迫自己，去圣犹士坦林区查看了两三次。那里依然荒废着，一切还是十二年前暴风雨肆虐过后的景象。那些倒下来的树，一棵棵堆在一起，就在原地继续野蛮生长，想要到达林中腹地几乎是不可能的事情。作为医生，他十分明白，十几年以后，雷米·德梅特的遗骸已经变成了什么模样。

可是，自从他在勒梅西耶先生的橱窗里看到那张图画以后，死去的小男孩就重新变得鲜活起来，这样细腻而真实的感觉，跟他的噩梦一模一样。让安托万感到难过的是，这么多年以来，他的心态也发生了改变，他不再为不能向任何人诉说而感到痛苦，而是看着事情本末倒置，觉得难受不已。对于他来说，最重要的事情已经不再是那个他曾经杀害的小男孩。如今他所有的努力以及所有的注意力都放在了自己身上，他只关心自己是否安全，是否能够免于惩罚。已经有相当长一段时间，他再也没有被梦中雷米无力晃动的小手惊醒，也有很长时间没有听到雷米那令人心酸的求救声了。这场悲剧的主人公，从受害者变成了加害者。

马上就晚上七点半了，再晚点到就太不像话了。不能再磨蹭了，于是他只好上路了。

勒梅西耶先生组织的这次聚会，是为了庆祝他的六十岁生日。当时是六月底，天气已经十分暖和，人们几乎已经嗅到了夏天的气息。花园里有人在烧烤，音乐、霓虹灯是节日里惯有的一切，空气里弥漫着烤肉的味道，还能看到一些装着红白葡萄酒的小酒桶。人们手里端着的劣质纸餐盘，被食物压得就快要合在了一起，还有一把钝得什么都切不开的餐刀。

在博瓦尔镇，生活就像时钟指针一般规律运转着。曾经被一系列悲剧和谜案搅得鸡犬不宁的小城，重新找回了它的宁静，一切仿佛又静止了。那些安托万从前就认识的人，十年以后还是老样子，而即将取代前一辈的年轻一代，如果你仔细观察，就会发现，他们跟父辈也没有什么两样。

“你不觉得吗，他组织得特别好？”

库尔坦夫人每星期都会在勒梅西耶先生家做几个小时的家务活，她说，这是一个很正派的人，非常讲究体面。在她的语言体系里，这就是在说，跟科瓦尔斯基先生不一样（她再也不去他那里干活了，再也不会谈论到他），他会按时按量发放工资。

安托万与人们一一握手，接受他们的祝酒，喝完了第一杯，然后又是第二杯，还吃了一串烤串。听从母亲的建议后，他走向勒梅西耶先生，向他道贺，并表示感谢。

库尔坦夫人手里拿着她的塑料长笛，正在与穆绍特夫人聊天。与贝尔纳代特·德梅特变得疏远以后，她又很奇怪地跟艾米丽的母亲变得亲近起来。这位美人总是一脸严肃，终日往返于教堂和自己家中。当韦泽先生的生意重新红火起来时，穆绍特先生也被重新雇用了。但是面对这段持续不短时间的失业经历，他的心里仍然怀有一丝苦楚和酸涩，看他的表情就可以略知一二，他总是一副看谁都不顺眼的样子。韦泽先生不得不解雇他的时候，等于把他钉上了苦难的十字架，而当他决定重新雇用他的那一天，又成为他的救世主。在穆绍特先生看来，这个世界早已偏离了轨道，世风日下，人心不古，而韦泽先生也成了他怨气的最主要来源。他带着一种极大的满足感，接受了韦泽先生的聘用，就像一个长期遭受不公正待遇的人，终于等到了平反的那一天。他的内心总是对某个人怀有恨意，在很长一段时间中，这个人是德梅特先生，而当他去世以后，韦泽先生便取代了他，成为穆绍特先生的怨恨清单中的头号人物。在勒梅西耶先生的聚会上，这两个人一个站在花园这一头，一个站在最远的另一头，一整个晚上即使碰见也装作没看见对方。而且，人们好像还听说，韦泽先生在工厂里对穆绍特先生发布指令的时候，总是称其为“工头先生”。

至于说穆绍特的妻子，安托万一直认为她是一个谜，甚至是一个自相矛盾的存在。这个热衷于去叨扰上帝的女人拥有一副模特身材，几乎不怎么说话，也不怎么微笑，这让她看起来像一个做作的著名女歌手。安托万总觉得，在她美丽冷漠的外表下，隐藏着一些歇斯底里的疯狂。

“您好呀，医生……”

“嘿！你好，医生同志！”

艾米丽一头金发，面带微笑，手里轻轻拿着一个塑料杯，就像捏着一个水果。提奥则刚吃完一根香肠，正在舔手指。安托万已经很久没见到他们了，一直没有遇到这样的机会。他亲吻了艾米丽，跟她问好，提奥笨拙地用一张纸巾擦完手后，也把手伸向了安托万。只见他穿着一条破洞牛仔裤，一件收腰上衣，一双尖头鞋，浑身的装束好像都在彰显着，他不想成为这个地方的人，他来自完全不同的星球。不一会儿，他就拿着他们所有人的杯子走开了。

安托万在艾米丽面前显得十分不自然，她总是在用一种特别的方式在看他。

“我怎么看你了？”她不解地问道。

安托万很难解释清楚，她好像总是一副有问题要问的样子，或者总是对他这个人，以及他所说的事情表现出一脸惊讶。

随着时间的流逝，艾米丽长得越来越像她的母亲了，她对母亲也依然保持了一种热切的眷恋，对她来说，没有比母亲更重要的了。不过，她与自己的母亲越来越像，也不是什么奇怪的事情。在博瓦尔这样的地方，这再正常不过了。子女们与他们的父母都十分相似，且都在等着接替他们的位置。

他们简短地谈论着这次聚会，安托万询问她的近况，得知她现在在马尔蒙的农业银行工作。

“我订婚了。”她一脸贪恋地炫耀着手上的戒指。

对了，在博瓦尔镇，人们还保持着订婚的传统。

“跟提奥吗？”安托万问道。

艾米丽把手挡在嘴巴前，大声笑了起来。

“不是，”她说道，“怎么可能是跟提奥呢！”

“我不知道啊……”安托万结结巴巴地说，对自己问了这么可笑的问题感到有些恼火。

她再一次展示了自己的戒指，解释说：

“热罗姆在陆军里当中士，现在正在新喀里多尼亚服役。他正等着调回法国，九月的时候就会回来，我们会在那时结婚。”

一股奇怪的嫉妒之情在安托万心中油然而生，倒不是因为她的生活里有了个男人，而是因为自己从来没能进入她的生活。甚至从前在中学里的时候，他们也从来没有约会过。安托万觉得自己好像错过了所有机会，没能成为吸引艾米丽的男人们当中的一员，自己对于艾米丽来说，只是那种因为认识了很久，所以才会见面的朋友。当他想起这个年轻女孩时常出现在自己少年时期的性幻想中时，又不禁感到了一丝恼怒。他曾经对着她的一头金发，做过多么露骨的幻想，想到这里，他开始脸红了。

“那你呢？”艾米丽问道。

“我也差不多……得先完成实习，结束实习医生的学业，然后我们就会离开……去从事人道主义事业。”

艾米丽认真地点了点头。人道主义，真是件好事。从她的表情，我们可以看出来，这几个字对她来说，只是一个空洞的概念，不过是一个词，只不过它的含义值得人们尊敬。谈话到这里就结束了。还有什么可以说的呢？他们心照不宣地想起从前的那些回忆。花园里人们聚在一起叫着，笑着，烧烤的烟雾缭绕，音乐从沿着墙根摆放的音响里传出来。在被人重新用粗泥刷过的墙角，还能依稀辨认出那次涨水留下的痕迹。

提奥拿着一些塑料杯回来，重新加入了三人之间的谈话，聊着一些有的没的。安托万仿佛看到他们回到了教堂广场前，回到了做圣诞弥撒的那个夜晚。然后，他又想起了与提奥的那次争端，想起他曾经散布的那些恶毒谣言……

他吞下一口红酒，眼睛看向了别处。

在博瓦尔这个地方，他总是会不由自主地回想起1999年的年末。当时发生的一切已经属于他人生的另一个阶段，就连博瓦尔镇，也已经翻开了新的篇章。然而，雷米·德梅特的神秘失踪案依然悬而未决，只要一阵风起，就很有可能死灰复燃。当他像这样身处人群中时，总是不断地感受到一阵阵的威胁，周围的一切似乎都在向他释放危险信号，让他浮想联翩，让他感到焦虑……

“安托万……”

他花了好几秒钟时间才认出瓦朗提娜来，这些年来，她可能每年都增重了一公斤。她转过身，不耐烦地对一个大喊大叫的小毛孩大叫道：“我跟你说，别喊了！”然后又激动地挥了挥手，就好像在赶走一只死缠滥打的黄蜂。她的怀里还抱着一个婴儿，正在咀嚼着一小把薯片。她的丈夫是一个英俊的小伙子，体型壮硕，像个屠夫，说话时露出一口坏牙。他即刻走过来把手放在瓦朗提娜的肩膀上，像是在宣示自己的主权。

就在安托万不停握住伸过来的手，不时地与遇到的人贴面亲吻时，提奥一直跟在他身边，似乎有什么话要跟他说，却又在等待合适的时机。当他们目光交错时，提奥马上侧过身来跟他说道：

“我跟你一样，也觉得这些人很烦……”

“不，不是这样……”

提奥小声地笑起来。

“得了吧……他们就是一群蠢蛋……”

安托万对他的这种态度感到一些不适。确实，他也觉得自己离这里的世界很遥远，觉得这座城镇有些过于老旧了，所有东西一成不变，处处都显得有些逼仄，他厌恶这里却并不鄙视这里。

而提奥从来都是一副屈尊低就的态度，他对这里表现出的蔑视之情，安托万也见怪不怪了。接着，他开始跟安托万夸夸其谈，说自己准备创立一家高新企业，说了半天，安托万也没弄明白是一家做什么的企业。他的谈话中，充斥着诸如专家体系、功能网络之类的东西，还夹杂着大量的英文词汇，安托万完全不知道他在讲什么。于是，他只能装作听进去的样子，就像那些没有掌握好某种语言，又懒得去理解意思的人，只是频频点头表示同意。艾米丽也回到了他们身边，但是她压根没在听他们之间的对话。男人之间的谈话，跟她有什么关系呢。

然后他们再次在人群中分开，安托万喝起了酒。他感觉到自己喝得有点多了，更何况他本来就是不胜酒力的人。

他答应了母亲，也遵守承诺来到了这里。然而他也提前打过招呼，不会待太久，所以现在也该走了。

想要走得自然，不引起别人的不满，就得掌握技巧，不可能跟所有人打招呼。他继续给自己倒了一杯酒，做出得体的样子，然后漫不经心地走到栅栏边，没有引起任何人的注意。他把酒杯放在桌上，走出去，把花园的门重新合上，然后终于长嘘一口气。

“你这就走了吗？”

安托万吓了一跳。

艾米丽正坐在矮墙上吸烟。

“嗯，也不是……”

她又笑了起来，声音响亮而清脆，安托万刚才就注意到了，这就是她的处事方式。她总是随时随地地笑起来，若不是过于频繁，这样的笑声会显得她十分甜美，然而这笑声里带着一种机械，又让人有些愠怒。仿佛笑只是为了掩盖她的无知。

“在你眼里，所有事情都这么好笑吗？”安托万问道。

话一出口，他就有些后悔了，可是艾米丽好像并没有听出他话里的戏谑。她随意地做了一个手势，不知道想表达什么意思。

“好了，我走了。”安托万说道。

“我也要回去了……”

于是他们决定一起走回去。

艾米丽点燃了第二支烟，香烟的味道混合着夜晚清新的空气，以及她身上散发出的若有若无的香水味，让人感觉十分舒服。安托万甚至也有点想抽烟了，曾经有那么两三次，有人邀请他抽烟，虽然并不喜欢烟，他还是接受了。此时，傍晚时分的压力已经消散，而留下的，是无尽的疲惫。所以说，抽根烟，又有何不可呢……

艾米丽又重新提起了方才在聚会上的话题。她表示对安托万的计划有些不解。人道主义事业。为什么就不能做个……正常的医生呢？要回答这个问题，可真得费一番精力……安托万打断了她：

“做家庭医生，有点无聊……”

艾米丽摇了摇头，有些难以理解。

“如果你觉得这很无聊，那你为什么学医呢？”

“不是做医生这件事让我感到无聊，而是做家庭医生，你明白吗……”

艾米丽点了点头，可是显然还是有些无法理解这套理论。安托万偷偷地观察着她。老天，那对高高的颧骨，那张嘴，还有后颈露出的发根，那柔软的金色汗毛……她穿着一件短上衣，最上面的几粒扣子敞开着，露出胸脯的上半部分，安托万几乎可以感觉到那坚实的触感。当他故意放慢脚步，走到她身后时，又瞥见了她裙子底下衬托出的浑圆臀部。

她又说道：

“不过，再怎么说，医生这个职业……治疗病人的时候，应该还是很有趣的吧……”

一个如此性感甜美的年轻姑娘，竟能愚蠢到这个地步，这简直让人痛心。她人云亦云地说着那些话，好像这些想法和常理都能供人随手取用，完全不须经过大脑，还常常毫无理由和征兆地，在话题之间跳来跳去，正说着一件事突然又跳到另一件毫不相干的事。而且她所谈论的那些事，无一例外，仅限于她为数不多的一些认知，也就是说，都是关于博瓦尔人的一些鸡毛蒜皮。就在安托万近距离地观察着她一些近乎完美的细节时（她的眉毛还有耳朵，这个女人的耳朵竟然也能长得如此迷人，简直太不可思议了），艾米丽开始谈论起他们的童年，他们的邻居们，还有很多回忆……

“我有很多我们在学校里时的照片！还有那些在游乐场拍的……跟罗马尼、塞巴斯蒂安、蕾娅、凯文……还有波林！”

她谈到的好些人，安托万都记不起来了，然而对她来说，却似乎都是近在眼前的人，就好像整座城镇和她的生活，跟十几年前的学校操场没有两样。

“啊，那些照片，你真应该看看，真是太好笑了……”

她柔美的笑声又在夜色中响起，实在令人难以忍受，天知道什么事情能让她乐成这样。

对安托万来说，那些照片可完全勾不起什么美好回忆。要知道，那张烦扰了他一整个童年的小雷米·德梅特的照片，就是在那时拍摄的。这是当时的一个惯例，那一天家里人会帮你们把额前的头发整理好，让你们换上衬衫，孩子们盛装打扮出发去学校，就像是要去教堂做礼拜。

“你想要的话，我可以给你寄几张！”

像是意识到自己有些过分热情了，她停顿了片刻。安托万打量着她，盯着她那精致的瓜子脸，那明亮的双眼，以及丰满的嘴唇……

“嗯，当然，如果你愿意的话……”他回答道。

突然，一阵尴尬袭来。安托万低下了头，两个人继续往前走着。

走到镇中心，依然能依稀辨认出，从远处勒梅西耶先生家里传出来的音乐声。到镇政府附近时，苦于找不到话题，安托万突然提起了那棵被暴风雨刮倒的大梧桐树。

“啊，没错！那棵梧桐树！”艾米丽说道。

她静静地听安托万讲着梧桐树，就这样过了几秒钟，然后又说道：

“那棵梧桐树，几乎见证了博瓦尔的所有历史啊……”

安托万静静地等着她说完，想知道她接下来会说什么……

可是他们再一次陷入了沉默。天气暖和得如同八月，在夜色和酒精的作用下，眼前还有如此美丽的姑娘，所有这一切让他不吐不快，想问出那些曾经困扰过他的问题。

“什么问题？”她问道。

声音里透出一种没有任何想法的天真无邪。

“嗯，就比如说……你跟提奥……你们之间到底发生过什么……”

这一次，艾米丽清脆的笑声没有惹恼他。

“拜托，我们当时才十三岁！”

她在路中间停下，转过身来看着他，一脸惊讶的样子。

“不过，你不是在嫉妒吧？”

“没错。”

他没能忍住说了实话，可是话一出口马上就后悔了，觉得自己只不过是在耍一时脾气。其实，在内心深处，他最埋怨的人是自己。他怨恨自己在过去那么长一段时间里，一直臣服于艾米丽的魅力，一直被她吸引，他更看不起自己，觉得今晚自己的所作所为，跟从前的艾米丽并没有什么两样。

“我当时深深地爱着你……”

真是句朴素又忧伤的实话。艾米丽被绊了一下，拉住了他的衣袖，但马上又放开了，就好像这是个不合时宜的举动。安托万觉得自己像是被抓了个现行。

“你放心，我不是在跟你表白！”

“我知道。”

他们走到了艾米丽家门口。安托万眼前突然又浮现出，发生暴风雨的次日，出现在窗后的艾米丽的脸。

“当时的你看起来非常疲惫……可是也很好看。真的……特别美……”

这些迟来的知心话，让她不禁嘴角上扬。

她推开栅栏门，走到花园尽头秋千旁边，坐下来，任凭秋千发出吱吱呀呀的声音。安托万尾随她过去，一起坐下。秋千的坐板比想象中要狭窄得多，又或许是因为它倾斜了……安托万感觉到了艾米丽柔软温热的髋部，他努力想保持距离，却没有办法。

艾米丽用脚点地，轻轻地推着秋千，他们开始晃动起来。路灯昏黄的光线照在他们身上，四下一片寂静，谁都没有说话。

在秋千的晃动中，他们的身体靠得更近了。明知不该这样，安托万却牵起了艾米丽的手，而作为回应，艾米丽也紧紧抱住了他。

于是他们开始亲吻起来。只不过，才刚开始，就失败了。

安托万不喜欢她亲吻的方式，她的舌头粗鲁地在安托万嘴巴里探索着，可是他也没有停下来，因为这些都无关紧要，毕竟他们都不爱对方。想到这个，一切都会变得简单得多。

这只不过是一次不涉及任何承诺的调情，只是朋友间的情谊，是相识这么多年却从来没有碰触过彼此而产生的结果。他们今天能这样做，正是因为没有任何事情强迫他们这样做。他们是青梅竹马的朋友，只不过，他们之间还有一个埋藏了很久的问题要解决，要弄清楚，这样以后才不会后悔。那个他曾经如此渴望的小女孩，跟怀里这个如此迷人又如此愚蠢的姑娘，完全没有任何关系。此时此刻，他只想与她疯狂地做爱。

他们彼此都清楚，这是一个错误的决定，而与此同时，也都心知肚明，事已至此，已经开始的事，将朝着可以预见的方向，一直进行下去。

安托万把手伸进艾米丽的上衣，摸到了一对温热、富有弹性的乳房，而艾米丽也不甘示弱，把手伸向了他的大腿内侧。他们继续笨拙而又热烈地亲吻着，下巴上沾满了两人的唾沫。两个人吻得难舍难分，只是为了不用再继续交谈。

当安托万感受到年轻姑娘的温热潮湿时，禁不住发出了一声低沉的呻吟。

她把他的下体攥在手里，就像她的亲吻一样，动作粗鲁又笨拙。

两人扭动着身体，褪去下衣。

艾米丽背向安托万，用手抓住秋千，两腿张开。安托万则不假思索地进入了她的身体。她把身体拱得更高，邀请安托万进得更深，然后又回过头来贪婪地亲吻他，舌头依旧如此疯狂，透露出热切的欲望……

当感觉到安托万在她的身体里逐渐变硬，达到最高点时，她也发出了一声动物般的尖叫……安托万甚至看不出，她是否也达到了顶点。

然后，他们贴在彼此身上，静静地待了一段时间，两人都有些不知所措，不敢看对方，最后两人都笑了。童年的余味从他们身上流淌而过，就像是背着大人们，背着生活，搞了一次恶作剧。

安托万笨手笨脚地重新穿好裤子，艾米丽则扭动着髋部穿好内裤，又把裙子放下来。

他们杵在那里，无言以对，只想尽快结束，然后分道扬镳。

艾米丽又小声地笑起来，她并拢膝盖，一只手放在腹部，就像一个尿急的孩子。然后，她转动双眼，一只手从上到下晃动着，手指完全张开，像是在甩干手上的水分，哎呀呀……

最后，她飞快地在安托万嘴上啄了一下，然后走掉。在开门之前，她又回过头来，用指尖抛出一个飞吻。

就连分别也如此失败。

在安托万失手杀死雷米，与死神擦肩而过的时候，他的童年也因此而仓促结束。要不是因为这件事，今晚发生的一切，也许会成为安托万永生难忘的回忆。

回家的路上，安托万看了看手机。

劳拉打来了四次电话，没有任何留言。他拨了她的号码，却又马上挂断。跟她说话，也就是要跟她撒谎，此时此刻，他已经没有这个精力了。今晚发生的一切，就像突然崩溃泄闸的洪水，他怎么也解释不清，自己是如何走到这一步的。欲望使然吧。别提了，现在的他愿意付出一切，只为了还能守住一丝欲望。

他打消了给劳拉打电话的念头，以后再找借口吧……他会看着办，总能想出点什么来的。

母亲为他保留了原来的房间，却换了墙纸和家具。他小时候的书桌、椅子、从前睡过的床，还有原来摆放在这个房间里的大部分东西，都被煞有介事地收在了地下室里。而其中有一些物件，却神奇地逃脱了被弃置的命运，比如地球仪、齐达内的海报、书包、铅笔盒、变形金刚擎天柱、印着英国国旗的枕头。安托万一直没弄明白，对于这些东西的挑选，是基于什么样的准则和逻辑。

他讨厌这个房间的装潢，因为这会把他重新带回到那个他一直试图远离的年代。不过，他几乎不怎么回来，而且母亲也费了很大力气来装修，所以他既不忍心，也没有力气，把那些东西都打包，再扔到路边去，尽管每次回来他都有这样做的冲动。

手机振动起来。又是劳拉，当时已经凌晨一点半了。他对这次聚会的感觉很糟糕，待在自己的房间里，也感到十分不适。这个地方，以及他的人生都糟糕透了，他没有勇气接电话。

当手机终于停止旋转时，安托万长嘘了一口气。他听到街上传来说话的声音。原来是母亲和穆绍特夫妇一起结伴回来了。安托万不禁心想，方才他跟艾米丽像两个青春期少年，在秋千上发情，如果当时他们被逮个正着，会发生什么事呢？

现在躺下佯装睡着，已经太晚了，于是他坐在了书桌前，佯装正在用功。如此虚伪地装腔作势，让安托万觉得很可笑，也很屈辱，可是他还能怎么做呢？

库尔坦夫人发现他房间的灯还亮着，马上就上了楼。

“你太用功了，伙计！赶紧睡吧！”

同样的话，安托万已经不知道听了多少年了。而在这些话背后隐藏着的，是作为母亲的骄傲，她很自豪有这么一个勤奋、学业有成的儿子。她走上前，打开窗户，关上百叶窗，然后又停下来，像是想到了什么。

“对了，你知道吗，他们要重新改造圣犹士坦林区了？”

安托万感到了脊梁骨上的阵阵战栗。

“什么？改造……改造成什么？”

“他们把所有继承者都找到了。镇政府买下了那块地，准备建一个儿童游乐园。他们说，这会造福整个大区的，我倒是想呢……”

对于所有新兴事物，库尔坦夫人总会首先表达自己最深重的疑虑。

“他们说已经做过研究，说很多家庭都表示赞许，还能增加就业，我看，我们还是等等再瞧吧。好啦，现在该睡觉了，安托万。”

“游乐园的事，是谁跟你说的？”

“镇政府门口贴着告示呢，已经贴出来两个月了。也难怪，你常年不在家……有些事你肯定不知道……”

安托万一夜没合眼。第二天一大早，他就出门跑步去了。

在镇政府张贴正式文件的橱窗里，他看到了圣犹士坦公园的开建通知，相关的详细计划，可以咨询镇政府。

开工前的清理工作，将于九月开始。

16

安托万在焦虑中惶惶度日，就连假期也成为痛苦的煎熬。他已经通过了考试，然而当他从考试中抽身出来以后，却又感到无尽的空虚。他再也不想踏足博瓦尔镇了，这样的想法显然是不理智的，他迟早还是得回去看望他的母亲。为了拖延，他便借口要跟劳拉进行一次长途旅行。而事实上，这次旅行只持续了两周时间，因为他们根本没有足够的资金。如果说雷米·德梅特的新照片让安托万感到震惊的话，圣犹士坦的改造计划，更让他感到大难临头。很难预料，这场灾难将在何时，又将以什么样的方式降临在他的头上。脑海中的思绪不断把他带回一生中最黑暗的时刻，他的整个童年也因此而蒙上阴影。人们会找到遗骸，然后重启调查，再次开启盘问。他是最后见到雷米活着的人之一，肯定会被召去接受调查。被绑架的可能性将会被推翻，人们将把注意力集中在城里，集中在居民以及与他亲近的人身上。而作为他的邻居，安托万肯定难逃嫌疑，线索会最终指向他，到时，一切就都结束了。这个保守了十二年的秘密，已经让他筋疲力尽，他再也没有力气撒谎了。

那年夏天，安托万曾经想过逃跑，还专门为此搜寻过一个无法引渡罪犯的地方。可是，他打心底明白，自己是不会这么干的，因为他既没有这个能耐也没有这个胆量和个性，去过上亡命天涯的日子（他本人跟这个词扯不上半点关系！）。他的生活狭小逼仄，也不像那些野心勃勃、愤世嫉俗又心思缜密的黑帮老大，他只是一个再普通不过的杀人犯。如果说到现在为止还没被抓住的话，全凭他那一点点运气。

于是他决心留下听天由命，终日消沉，忍受折磨。

如今他已长大成人，也不再害怕监狱了。真正让他害怕的，是心理上的折磨：他害怕那些诉讼、报纸、电视……害怕那些媒体记者把整个博瓦尔镇围个水泄不通，追堵他的母亲，害怕报纸头条，专家解读，法律专栏作家的独家点评，以及铺天盖地的照片，邻居们的发声……他都可以想象出艾米丽呆头呆脑地站在摄像机镜头前的样子，到那时，她肯定也没脸说出他们曾经的所作所为。镇长先生会声嘶力竭地为自己的城镇辩解，而人们只会无动于衷：博瓦尔镇包庇了一个杀人犯，而且凶手就住在离受害者几十米远的地方。他们会把德梅特夫人弄哭，然后拍下她哭泣的样子，画面中还有抱着三个娃的瓦朗提娜陪在她身边；还将不厌其烦地追问同一个问题：一个十二岁的少年，是如何成为杀人犯的？所有人都会对这条新闻颇感兴趣，因为在这样的人面前，所有人都感觉良好，觉得自己很正常。电视台将推出专栏，依次分析那些有史以来罪名显赫的案例。而博瓦尔的这起案件，也将激起全民对于暴力的零容忍。人们将乐此不疲地将罪责归于某一方，只要看到有人受到惩罚，他们就会感到满足，就算受罚的人只不过是犯下了所有人都有可能犯的错误。

只要几分钟，他就会登上杀人犯榜单的榜首，然后消失在人间。

他将不再是一个具体的人，安托万·库尔坦将成为一个代名词。

他的大脑进入了白热化状态，各种惊悚的画面在脑海中翻飞，然后他突然清醒过来，意识到刚刚过去的半个小时里，他一直没说话，劳拉说的话他也没听到，问的问题他也没回答。

他们住在离学校很远的一个小公寓里，离大学医疗中心倒是还算近。

过去的三年中，他们曾经在性生活中挥霍无度，但自从六月安托万回来以后，这样的机会就变得越来越稀少了。劳拉频繁地索取，安托万偶尔顺从地配合，却再也不复往日雄风。劳拉只能焦急而沮丧地等待事情出现转机。她从来没见过安托万满心欢喜的样子，这个男人总是安静低调，神态严肃，满脸写着心事，可这也正是劳拉爱上安托万的原因，幸福的表情在他那英俊的脸上，显得过于乏味。他的严肃总让身边的人产生一种很可靠的感觉，然而这种可靠又会马上被他那突如其来的恐慌发作击得粉碎。这段时间以来，他的焦虑症已经到了一发不可收拾的地步。劳拉只能以自己的方式去理解，猜测他是不是遇到了一些家庭问题。还是说，他对成为医生的信念，产生了动摇？尽管看起来不太可能，但也不能完全排除这个可能：该不会是，他外面有人了吧。

对于劳拉来说，吃醋可是个费神的事情，她实在办不到。苦苦思索无果以后，她只好把安托万的病症归结于心理问题。对一个医生来说，这是最让人安心的办法：解决不了问题的时候，吃一些安全的心理类药物，总是有好处的。

劳拉正准备跟他说这件事，却偶然发现，安托万已经开始每天吃镇静剂了。

七月和八月就这样过去了。

库尔坦夫人显然十分忧虑，自从六月中旬以后，安托万就再也没来看过她。她缜密地统计着安托万来探访她的次数，最近五年之内，他具体哪一天来看过她，库尔坦太太马上就能脱口而出。奇怪的是，她从来不公开埋怨他，只是默默地承受着这个事实，就好像他们之间的疏远，是一个心照不宣的约定，尽管令人遗憾，却不得不如此。

每个星期有好几次，安托万总会不自觉地想起即将开工的圣犹士坦游乐园，这让他仿佛又回到了在博瓦尔度过的最后一天，眼前浮现出那些痛苦而毫无意义的时刻，那张少年雷米的照片，那次聚会（要不是母亲一再坚持，他是肯定不会去的），还有跟艾米丽一起做的蠢事。

直到现在，他依然十分困惑，与艾米丽的事到底是如何发生的。对于安托万来说，他当时迫切地想占有她，不过是因为艾米丽太过诱人，又或者是因为他想了却一桩童年时期的夙愿。这么做，与其说是出于欲望，倒不如说是为了得到一种复仇的快感。可是艾米丽呢？她想得到的又是什么？是他还是别的什么东西？还是说她只是顺从地接受了这一切？不对，她当时甚至还很主动，安托万依然清楚地记得，她那无处不在的舌头，她的手，以及当时她是如何地转过身去，如何地拱起身体，在安托万进入她的那一刻，又是如何地凝视着他。

离开博瓦尔以后，这个女人依然让安托万百思不得其解。他常常想到艾米丽那无与伦比的绝美容颜，而与她的谈话，却又平庸得令人失望。偏偏这样的美貌与平庸又出现在同一个人身上，如此不可分割。他还记得艾米丽谈起儿时的照片时，脸上浮现的幼稚与热忱。

一想到这些，他总要费许多神。更何况，九月中旬库尔坦夫人打电话来的时候，还告诉他说，艾米丽来找她要过安托万的地址。

"她说要给你寄点东西，但是也没说要寄什么。"

说起这些照片，安托万也曾经想过好几次。

他想象着自己打开信封，甚至有时梦里也会出现这样的场景，自己的脸与六岁雷米的脸，然后是十七岁雷米的脸，重合在一起。这样的一张脸，就像那些被刻在墓碑上的英年早逝者的遗照。

他又想起德梅特家的餐边柜，上面一直空置着的相框，好像还在等着正义降临的那一天。

他在心里暗暗发誓，等那些照片寄到的时候，他会直接把它们扔进垃圾桶，连信封都不会拆开。而且，他也没什么好解释的，毕竟这么些年来，他在博瓦尔也没怎么碰见过艾米丽，更何况他回博瓦尔的次数只会越来越少……

时间来到了十月初。

艾米丽就是在此时到来的，只不过，来的不是一个装有照片的信封，而是她本人。那天，她穿着一件滑稽可笑的印花长裙，却也无法掩盖她的美丽。她事先化好了妆，喷了香水，做好了发型，一副容光焕发的样子，就像是要奔赴婚礼现场。她按响了门铃，劳拉开了门。您好，我是艾米丽，我找安托万。

对于劳拉来说，一切都有了解释。

来访的人还没来得及多说半个字，劳拉马上转身，说了一句，安托万，来找你的！然后，她就抓上了外套，套上了鞋子。安托万被这突然的造访弄得措手不及，还没等他做出反应，劳拉已经走到了门外。等一下！然而为时已晚，楼梯间响起了劳拉的脚步声，安托万俯下身，大声叫着她的名字，却只看见劳拉的手沿着楼梯扶手，迅速旋转到一楼。他不禁想，她这是要去哪里，心中一股妒火升腾而起，然后转过身，才突然想起造成这一切的缘由。

他怒气冲冲地回到公寓。

艾米丽却好像完全没有感到一丝尴尬。

“我可以坐下吗？”她问道。

为了使她的问题显得更加名正言顺，她又说道：

“我怀孕了。”

安托万脸色变得苍白起来。艾米丽开始滔滔不绝地讲起了“属于他们的夜晚”，这场景简直令人难以忍受。她诉说着他们之间令人动情的重逢，两人之间突然迸发的欲望，这欲望发自肺腑，于她而言，她“从来没有感受过如此巨大的快乐”……她没法替安托万表达，可是她自己，自从那天以后，就再也没有睡过一个安稳觉。自从与你重逢，我就再次深深地爱上了你。现在我可以确信，我自始至终都疯狂地爱着你，只是过去的我，不愿意承认这个事实……安托万简直不敢相信自己的耳朵。眼下的情况如此愚蠢，他几乎要笑出声来，可是想到这样做的后果，以及这些话后面隐藏的含义，又只好忍住……

“只是……”

他停了下来，斟酌着字句。作为一个医生，他有很多猜疑，可是作为一个男人，却不愿把这些话说出来。最终，他几乎强行逼迫自己问出了下面的问题：

“可是，谁告诉你说，是跟我……我是说……唉，你知道我想说什么吧……”

艾米丽早就想好了对策。她把包放到脚下，两腿交叉。

“我怀的不可能是我……我是说，热罗姆的孩子，他已经四个月都没回来过了。”

“可是，你也有可能怀上其他人的孩子！”

“没错，既然如此，你不如直接叫我婊子吧！”

艾米丽对这句话表示出万分愤慨，显然，她没料到安托万会发出这样的疑问。安托万不得不向她道歉：

“我不是这个意思……”

他停下来，心里计算了一番，却为这个计算结果而吃惊：从艾米丽口中说的“我们的夜晚”开始算，十三个星期已经悄然流逝。

显然，合法堕胎已经不可能了。

一切都变得明朗起来：她是故意等着拖过了合法堕胎的日期，才来这里找他的。

“没错，安托万，就是这样！我不想堕胎，不能干这样的事。首先，我父母就……”

“我才不关心你父母怎么想！”

“可是我关心，怀孕的人是我！”

安托万在心里算计着，要怎样才能让艾米丽善罢甘休。他可以用钱解决吗？

“孩子的父亲是你。”她继续说道，边说边垂下眼帘，就像电视剧里演的那样。

“可是，艾米丽，你想怎么样？”

“我已经跟我的……我是说热罗姆，已经跟他分手了。我没把所有真相告诉他，因为我不想让他对我们产生什么不好的想法，可是……”

“那你想怎么办？”

她皱起了那对迷人的金色眉头，很意外安托万竟会问出如此愚蠢的问题。

“我想让这个孩子活下来！这很过分吗？我想让他拥有他应该得到的一切！”

安托万闭上了眼睛。

“我们必须结婚，安托万，我父母……”

安托万仿佛触了电似的，从椅子上弹起来，大声嚷道：

“这不可能！”

他把艾米丽吓到了，她坐在椅子上，身子往后仰。必须马上跟她解释清楚，这个想法有多么荒唐。他努力地平复下来，拉近她的椅子，跪在她面前，握着她的手说道：

“这是不可能的，艾米丽，我不爱你，我不能娶你。”

得想出一些她能听懂的话来劝服她。

“我没有办法让你幸福的，你明白吗？”

这句话让艾米丽感到困惑，她并不清楚安托万想说什么。实际上，这两个月以来，她的脑海中只有一个想法，那就是“安托万会解决这一切的”，其他的，她什么也没想。

“现在去堕胎还来得及，”安托万继续说道，“你放心，一切费用我来出。我会想办法弄到钱的，我会找一个条件好的诊所，你什么都不用担心，我向你保证，我会把一切都办妥。可是，你必须放弃这个孩子，因为我不会娶你的。”

“你这是在要求我犯罪！”

艾米丽握紧拳头，紧张地放在自己的胸口。

两人陷入了长久的沉默。

安托万开始恨她。

“你是故意这样做的吗？”他冷冷地问。

“我为什么要这样做？我是说，我怎么会……”

艾米丽竭尽全力想表达一个简单的观点，却不知从何说起，不过她看起来确实一脸真诚的样子。

安托万被眼前这显而易见的事实击得粉碎：这的确是一场意外。艾米丽自己也宁愿嫁给她的中士，只不过，在这期间，有了一个“属于他们的夜晚”。虽然在安托万看来，那是一个糟透了的夜晚，可是事情的结果已经摆在了眼前，艾米丽怀上了一个孩子，而安托万，就是让她怀孕的人。

负隅顽抗的想法又出现在脑海里，他站了起来。

“对不起，艾米丽。我不能答应你，我不想要这个孩子，不想要你，我什么都不想要。我会想办法弄到钱的，但是这个孩子，我绝对不能要，这已经超出我的能力范围了，你可能没法理解。”

年轻的姑娘眼里噙满了泪水。安托万已经可以预见，艾米丽带着这样的消息回到家中，会发生什么。他知道，为了这次会谈，艾米丽来之前肯定已经跟她的父母商量了很久，尤其是她那虔诚的宗教徒母亲。他眼前呈现出穆绍特一家人聚在一起的情景，她的父亲正襟危坐，活像复活节用的大蜡烛，还有她的母亲，披着马海毛披肩端坐在那里……他们怎么就觉得安托万会乖乖就范，娶了他们的女儿呢，这简直太不可思议了。

事情并没有朝着艾米丽预料的方向进展。于是，她也站了起来，走到安托万身边。

她用手环抱住他的脖子，还没等安托万反应过来，就把嘴唇贴在了他的嘴上，舌头也顺势伸到了最里面，期待着安托万做出回应（她自己可能也不是很理解，这样做有什么意义？为什么男人们会愿意为了这样的事情做出牺牲。可是，在没有得到任何回应的情况下，她只能孤注一掷，吻得更加投入，也更加狂热，可是显然她的脑子里，什么想法都没有。她的吻，既没有计划，也没有技巧）。

安托万转过头去，拿开艾米丽的手，往后退了几步。

年轻的姑娘感到自己被拒绝了，顿时哭成了泪人。她哭得梨花带雨，楚楚动人，安托万甚至有些动摇了。可是，他早就把自己绑在了船桅上，不会再落入美人鱼的圈套。只要想想她会给他带来什么样的生活，他就鼓足了气力，任谁都无法动摇。他把手轻轻地放在了她的肩膀上。

几分钟以前，他还很恨她，可是现在，他却在可怜她。

突然，一个短暂的想法从脑海里冒出来：除了穆绍特一家，还有谁知道这件事呢？他想到的不是自己，毕竟博瓦尔镇这个地方，他是再也不会踏足了，他想到了自己的母亲。这一切都变得异常悲伤。

“你就这样抛弃我们了吗？”艾米丽问道。

她真的很会说这些冠冕堂皇的话，不知道是从哪里学会的……安托万听到她大声地擤着鼻涕。

“对不起，艾米丽，我什么也给不了你。可是，我会把一切都安排妥当的：我会给你找一个好诊所，一切费用我来承担，我向你保证，没有人会知道这件事。你还年轻，我相信，你会跟热罗姆生下很多宝宝，你可以跟他生孩子，而不是跟我。你得尽快做出决定了，艾米丽……否则，我也无能为力了。”

艾米丽点了点头。她带着一个想法来到了这里，可是这个想法却没能实现。那些早就准备好的话也已经说完，她不知道自己还能做些什么，于是她略带遗憾地站了起来。

安托万觉得，也许在某个时刻，她甚至感到了一丝快意，因为在这样的情景中，她完美地给自己找到了一个角色对号入座：她是一个不幸的人，悲剧正在她的生活中发生，她就像某个电视剧中的女主人公。

她把一个大大的信封留在了桌上，里面装着那些班级集体照。老天，她竟然是带着照片来的……

她曾经对此抱有怎样的幻想呢？她还以为，他们会在床上坐下，相拥在一起，一边翻看那些照片，一边面带笑意吗？她还觉得，安托万会被她迷倒，陷入爱河，会把手放在她的肚皮上，问宝宝是不是在动吗？她该有多么天真啊，安托万不禁哑口无言。

艾米丽走后，他反反复复地思考着这一切的后果。一丝微弱的曙光突然出现在他眼前：一直以来，他都奇迹般地在各种险境里全身而退，生活道路上的所有陷阱，都被他毫发无损地避过。当他以为大家会找到雷米的时候，最终却没有一个人找到他；当他几乎确信自己就要被抓住的时候，却在法网恢恢中成功逃脱；艾米丽即便是挺着孕肚来的，最终也只能空手而归……他开始觉得，这样的运气也许会持续下去。过了这么久，他才开始认真地看待运气这件事，他感到身上的重量仿佛瞬间轻了很多。

他开始安静地等着劳拉，这样的平静甚至让他自己都有些始料未及。

劳拉终于回来了，此时的她与方才夺门而出的那个她，简直判若两人。

“你倒是开窗透透气呢，屋子里一股烂货的味道！”

她一边这样说着，一边拿起她的背包，不管手边抓到什么，都胡乱地往包里一塞。

安托万微笑着，感到自己好像从来没像现在这样强大过。他一把抓住劳拉的肩膀，强迫她转过身，脸上依然没有止住笑意。他说道：

“好啦，我就跟一个从前的女同学上了一次床，可她对我来说，什么都不是。她跑到这里来纠缠我，已经被我赶出去了。我爱的人是你啊。”

这番话十分令人信服，因为这些话句句属实，没有半点捏造，只不过还有些没有透露的细节，然而，在当下的情景里，那些都不重要。

突然之间，他变得不可战胜，身上散发出一种强大的力量，就连劳拉都感到十分震惊。她手里拿着一件衣物，安托万则继续微笑着，逼迫她张开了双腿。

接着，他干净利落地除去上衣，让一切都臣服于这鼓鼓囊囊的欲望。他们在床上翻滚着，从床上滚到地上，又一上一下地滚到桌边，撞上桌脚。安托万已经进入了她的身体，劳拉甚至都没反应过来，他是如何做到的。她开始从头到脚剧烈颤抖，疯狂的快感从脚底一直往上蹿，她忍不住从地板上抬起腰肢，大声尖叫出来。高潮来了两次。

然后，她便在安托万身下昏厥过去。

17

艾米丽的来信一直没断过，每个星期都会收到两三封。劳拉总是轻叹一声，便一脸厌倦地把信扔在桌上。安托万一开始还会读一读。信里不过是些毫无逻辑的陈词滥调，中心意思只有一个，那就是“不要抛弃我和我们的孩子！”。艾米丽的字迹十分幼稚（她会把字母i上的小点，画成小圈），还会在所有老调重弹的话下面画上横线，以此来说明，安托万使她坠入了多么绝望的险境。“不要抛弃你的亲生骨肉啊”“你点燃了我心中的那团火苗”“你使我沉浸在欲望的浪潮中”，那个夜晚，她被“巨大的快感折磨得筋疲力尽”，诸如此类的话充斥于信件中，既反映了她语言的匮乏，也让人一眼便能明白，她到底是个什么样的女人。

那些信确实很蠢，可是安托万也明白，她的慌乱不是装出来的。出于宗教原因，她的父母不会同意她流产（也许她自己也是这么想的），她马上就要成为一个未婚先孕的妈妈，独自抚养自己的孩子……他想象着艾米丽以后的生活，有时甚至产生了一些不是很光彩的想法：他觉得，就算是带着孩子，凭借艾米丽的美貌，她想要再找一个男人结婚，也不是什么难事。至于她的父母，则会用故意装出来的崇高精神，欣然地背负起这座十字架，所以他们最终都会各得其所。

十月初的时候，整个法国到处阴雨绵绵。安托万跑着去赶电车，却不小心滑了一下，差一点没站稳。

他的母亲就没这么走运了。几天以后，她在主干道上过马路的时候，被一辆汽车撞翻了。人们只听到一声沉闷的巨响，然后看到库尔坦夫人从地上飞出去，重重地摔在了人行道上。路人把她送到了医院，通知了她的儿子。

安托万和劳拉正在床上翻云覆雨（也许是害怕分手，他们保持这种状态已经一个月了……）。

安托万接了电话，然后整个人都僵住了，劳拉还挂在他身上。医院里的护士没有透露太多细节，只是说让他最好尽快赶到……

安托万被这个消息弄得心烦意乱，他急匆匆地坐上开往圣希莱尔的第一趟火车，很晚才到达。护士之前跟他说过，虽然原则上还不允许探视，但是他们还是会让他进病房的。他打了辆车，飞快地到了医院。医院很谨慎地接待了他，为了节省时间，他直接亮出了身份：我是医生。

然而他的同行并不傻，心里十分清楚，在这里他的身份只是病人家属，再无其他。

“您的母亲有些脑损伤，临床检查并无异样，X光扫描结果也很正常，但是她依然不省人事……现在情况还很难说。”

他并没有把X光照片拿出来，只是提供了一些最简短的信息。换作安托万，也会用同样的方式来处理。

库尔坦夫人正在熟睡中，他走到她身边坐下，握住她的手，不禁哭了起来。

与此同时，劳拉正忙着帮他预订酒店房间。

房间订在中央酒店。

入夜以后，他才到达酒店。大堂里弥漫着一股地板蜡的味道，从童年时起，他已经很久没有闻到这种味道了，这也许称得上是这个地区特有的味道。印花墙纸，提花窗帘，还有滚边床罩……劳拉真是选对了：这个房间像极了他的母亲。

他衣服都没脱，躺在床上睡着了。半梦半醒间，不知已经几点。母亲仿佛就在那里，在房间里，坐在他的床沿上。

“安托万，你怎么了？”她问道，“你怎么没脱衣服就睡了，连鞋也没脱……这不像你啊……如果你生病了，为什么不说呢？”

他洗了个澡，好让自己清醒过来。水管抖动发出巨大的声响，整个酒店的人应该都被吵醒了。

他给劳拉打了个电话，吵醒了熟睡中的爱人。她的声音里满是困意，但仍然对安托万说道，我爱你，我就在这里。安托万看着房间，此刻他只想偎依在心爱的人身边，呼吸她的气息，感受她的温热，在她身上消融，直到消失。劳拉用低沉的嗓音说着，我爱你，这声音仿佛近在咫尺，又远在天边。安托万忍不住哭了起来，然后又慢慢睡着了。第二天他起了个大早，天刚亮就出了门，朝医院的方向走去。

他在想，要不要通知他的父亲。然而这没有任何意义，他的父母很早之前就离婚了。也许，他的父亲会觉得有义务出现一下，只为了证明自己与儿子的关系还是很亲近，可这只不过是个谎言。又或者，他会拒绝安托万的邀请，因为二十多年来，这个女人对他来说，已经什么都不是。安托万身边，将只剩下劳拉一个人。在如此之短的时间内，他的生命中竟然就只剩下如此之少的人，真是太匪夷所思了。

库尔坦夫人还跟头一天一样，半分半毫都没动过。

安托万机械地查看着各种图表和曲线数据，检查着吊瓶的调节器。所有的事情都做过一遍后，他终于累了，重新坐回母亲的床头。

来医院以后，他一直在忙前忙后，现在终于停了下来。待在寂静的病房里无所事事，他这才突然意识到，原来博瓦尔镇离这里只有几公里远。

没有人能说清，事情最终会如何收场。库尔坦夫人会就此撒手人寰吗？雷米的遗骸会被找到吗？如果会，那是在库尔坦夫人离世之前，还是之后呢？

让安托万感到疲惫的，不再是被安上罪名，也不再是被拆穿，而是在这样的不确定性中漫长的等待。他总感觉，只要在这里多待一刻，什么事情都有可能发生，他的人生很有可能在几秒钟之内分崩离析。如今，事情的紧迫性已经无法用月份来计算，就像在长跑比赛中，最后的那几千米，往往是最艰难的。

中午刚过的时候，迪尔拉夫瓦医生造访了病房。像往常一样，他还是那样神情躲闪，十分低调，给人一种弄错了房间，在意识到自己的错误后，又准备马上离去的感觉。很显然，当他发现安托万在病房里的时候，正准备离开。然后，他又犹豫了一秒钟，试图掩饰自己的尴尬。人们遇到始料未及的事情时，往往都会做出如此反应。

安托万已经多年没见过他。他老了许多，脸上的皮肤变得干瘪发皱，尽管如此，他还是跟从前一样，不动声色，叫人无法捉摸。他是否依然过着独居的神秘生活呢？还跟从前一样，会在礼拜天的时候，穿着运动服打扫诊所卫生吗？

两人握了握手，一人坐在一旁，静静地注视着库尔坦夫人。然后，两人都突然意识到，他们此刻的行为，很像死后的吊唁。

“您现在上几年级了？”医生如是问道。

“最后一年了……”

“啊，已经最后一年了啊……”

听到迪尔拉夫瓦医生的声音，安托万突然回想起多年之前的一些奇怪片段。“如果我让你住了院，事情就截然不同了，你明白吗……”

他说得没错。如果安托万因为自杀未遂，被送去住院，那么人们就会来调查，就会来盘问他，他就会承认杀害了雷米的事，而他的人生也就完蛋了。是医生保护了他，让他幸免于难。

他到底知道了些什么呢？应该并不知道具体细节。可是，就在邻居家的小孩失踪以后，在整个城镇的人都在围着这个悲剧团团转的时候，这个年仅十二岁的男孩却想要了结自己的生命，这会让人们不得不往坏处想，认为他是良心发现，畏罪自杀。

“如果发生什么事情的话，你可以给我打电话，向我求助……”他曾经这样说过。

然而，这一天却一直没有到来。奇怪的是，在安托万即将深陷旋涡的时候，迪尔拉夫瓦医生又出现了。

医生并不知道会发生什么事，但倘若会有什么事情的话，也就是现在了。因为，雷米的遗骸，马上就会重见天日。

安托万凝视着母亲苍白的脸。

她也曾经察觉到了一些蛛丝马迹，但却拒绝了往下挖掘。她的直觉告诉自己，也许儿子已被卷入到这场悲剧之中。虽然不知道他做了什么恶，可她知道事情十分紧急。她用尽了全力来保护他，甚至在堆积的谎言、漠视和沉默中，度过了将近十二年。

此时，安托万正站在病房里，面对着唯一知晓他人生悲剧的两个人。这两个人，都用自己的方式，在当时选择了沉默。

然而，命运轮回，已经开始的，总有结束的一天。

就在此时，运送木料的卡车，正行驶在通往圣犹士坦林区的小山坡上，推土机也应该正在抬起或翻动着倒下的树木。雷米的遗骸不会永远散落在地下，埋藏在林地履带下的尸骨，将会突然矗立起来，就像一尊骑士的雕像，呐喊着正义必须得到伸张，安托万必须被揭穿，被逮捕，被审判，最后被判刑。

库尔坦夫人开始说出一些模糊不清的字句。

他们一人站在床的一边注视着她，不由自主地猜测她到底想说什么，然而两人都没什么收获。

“那您以后打算做什么呢？”医生问道。

他到底想说什么？安托万疑惑了片刻，这才想起刚才被打断的话题。

“哦……我会去做人道主义医生。我已经通过了面试……正常来说……”

迪尔拉夫瓦医生沉思良久。

“嗯，看来您想离开这里……”

他突然抬起头，盯着安托万，像是突然明白了什么。

“这里实在是太小了，对不对！”

安托万正想辩驳。

“没错，”医生又继续说道，“这里太小了。我理解，您知道……我是说……”

沉思片刻之后，他又站起身来，与来的时候一样，脚步轻得像一只猫。他微微点了下头，不动声色地说了一句令人意外又充满谜团的话：

“我很欣赏您，安托万。”

安托万还在幻想着今后永远不再踏足博瓦尔，然而这个幻想很快就在这一天内灰飞烟灭。傍晚的时候，医院通知安托万，需要他提供库尔坦夫人的一些证件和物品，他必须去母亲家里拿过来，毕竟家里也没有别人了。

一想到要重返博瓦尔，他的心情就变得沉重起来。母亲与穆绍特一家人结邻而居，不难想象，如果被艾米丽撞见，场面将变得多么尴尬。

他想尽了一切借口来拖延时间，得等母亲梳洗打扮好，还得等医生来了之后，他再走……

他机械地打开电视，调到了晚间新闻。

从上午开始，所有的国家电视台新闻频道都在不断循环播放一则重大新闻：一具儿童骸骨在圣犹士坦公园刚刚被挖掘出来。

警察依然保持着谨慎态度，目前只是确认发现了一具骸骨，并未对其身份做出任何解释。显然，所有记者以及当地的居民们的脑海里都只有一个想法：这肯定是雷米·德梅特的遗骸，不然还能是谁呢?

安托万早就料到了有这一天，他甚至有超过十年的时间用来做思想准备，可是在内心深处，他也跟所有失去亲友的人一样，完全没有准备好接受这一切。

报道一篇接着一篇，淹没了时下的许多其他问题。人们拍下了停工的工地、停摆的卡车、静默的推土机，还有穿着白色连体防护服的法医鉴定团队，在一辆辆警车旁忙得热火朝天。警车上的警灯不时地扫过安全护栏，一群穿着制服和军装的人，也神情严肃地在一旁忙碌着。然而这一切，都只是故事的背景，真正让媒体感兴趣的，是雷米·德梅特。在遗骸被发现的最初几个小时之内，那张曾经被用在寻人启事上的照片，也许成了法国传播得最广、观看次数最多的照片。记者们蜂拥而上，把德梅特太太的居所围得水泄不通。虽然目前他们还没能成功采访到她，可是周边的邻居发言却也收集了不少。不管是商贩、选民代表、路人、邮递员，还是老师、学生家长，所有人都感动得泪眼婆娑。整个小城的人，都情感共通地沉浸在悲痛中，这样的共情甚至带着某种愉悦。

安托万曾经十分理性地思考过这件事可能发生的后果，可是他的所有想象都被这铺天盖地的报道给扰乱了。他在心里默念，加油，赶快想想，接下来会发生什么……

这时，劳拉不早不晚地打来了电话。安托万实在鼓不起勇气接电话。

与此同时，身后的库尔坦夫人又开始说起了胡话，声音也越来越大了。整整一天，安托万不停地在跟进所有事件的发展，遗骸分析结果的不断更新，确认受害者身份的可能性（有人又展示出那张微笑着的雷米的照片，额前一缕光滑的发丝，身着蓝色小象T恤），人们还在等待专家澄清这名儿童的死因，以及他死前或死后曾经遭受过什么样的伤害，还有人提出要重新调查这起案件，而警察、法院和部长们都一再澄清，这起案件从来没有结案。人们充满虔诚和希望地期待着出现新的线索，有新的人被质问，最后把罪犯逮捕归案。

新闻频道里出现了一个年轻的女记者，她一脸凝重地举着麦克风，站在市政厅广场上。在她身边围着一群安静而镇定的群众，然而，还是有人试图在摄像头监视器屏幕里观察自己的身影。安托万看到这里，突然感到一阵恶心。

“根据调查，绑架的可能性仍然是存在的，但是这名儿童应该并未被带到很远的地方，比较大的可能性，是被关在公社周围。如果情况确实如此，调查范围将主要集中在这个小城本身……也就是说，我们所在的博瓦尔镇。”

事情又回到了起点，就像蛇一样，朝着库尔坦夫人家逶迤蔓延而来。安托万很有可能被再次询问，人们会问他是否还记得，雷米曾经是一个怎样的孩子。每一个谎言，都如磐石在身，他觉得自己再也没有力气扛下去了。

他宁愿警察此刻就立即按响门铃，安托万则会一言不发地递上手腕。

他完全忘记了自己本该去博瓦尔取回一些证件。尽管库尔坦夫人的胡话说得越来越奇怪，也越来越大声，但安托万还是坐在椅子上昏昏地睡了过去，醒过来的时候，已经是凌晨五点钟了。他走进浴室，看到镜子里的自己，像极了法庭上被判刑的犯人。于是他离开医院，一直走到火车站，看到已经有出租车在那里等着开往巴黎的第一趟列车。他叫了一辆出租把他送到母亲家，心里不停默念，千万不要碰到任何人。一路上确实都很顺利。

下出租车的时候，他还是忍不住朝旁边的房子看了一眼。不知是偶然还是直觉使然，当时早上六点都还没到，穆绍特夫人已经一动不动地站在门窗后面，眼神紧紧地注视着他。她那如同鬼魂的美丽容颜就像一个噩梦，安托万仿佛看到一只挂着网角的蜘蛛，随时就要跳起来……

他赶紧匆匆地走进母亲家。

库尔坦夫人的房子依然充满着乡土气息，那些证件还在原处，好像从世界诞生之初就在那里了。在医院的椅子上，他睡得乱七八糟，又时时被惊扰，导致现在浑身酸痛。于是他躺在沙发上沉沉睡去，上午过去了一半，才筋疲力尽地醒过来，心情沮丧，身体轻飘飘的，像是宿醉之后刚醒过来的早晨，又好像是圣诞节的后一天，不过这两者也没什么差别。

他用母亲古董般的机器给自己做了一杯咖啡，这香气和味道跟他小时候喝过的一模一样。

没能抵挡住心里的焦虑，他又把电视新闻打开，想看看事情是否有了新的进展。共和国检察官的一张脸充斥着整个电视屏幕，他提到了“昨天被找到遗骸的受害者的身份”：

“确实是1999年12月23日失踪的年幼的雷米·德梅特。”

安托万的咖啡杯从手中滑落，掉在了地毯上。奇怪的是，他仍然不自觉地朝窗外瞟了一眼，就好像能看到整个博瓦尔镇的人都聚集在德梅特一家人的老房子前，能听到人们喊着要报仇的嘈杂声，正透过窗户传进来。

“1999年的那场洪水并未到达圣犹士坦高地。当时很多树木被风刮倒在地上，保护了这名儿童的遗骸，这么多年过去，并未受到太大的损害，因此，法医鉴定团队得以顺利进行分析工作。”

安托万盯着地毯上的咖啡杯残渣，泼在地毯上的咖啡形成了一块巨大的深色污渍，在地毯上越变越大，就像滴落在桌布上的红酒渍，渐渐蔓延开来……

“这名儿童右边的太阳穴曾经遭受猛烈的撞击，这有可能是导致他死亡的原因。显然，现在还不能完全确认他是否还受过其他暴力侵害。”

目前事情的眉目并未清晰，然后安托万也很惊慌地发现，调查研究的进展速度是如此之快。再加上这两天以来，他的奔波劳累……

他站起身来，艰难地收好要带去医院的证件，马上叫了一辆去菲兹利埃尔的出租车，然后出来等车，他实在太需要透透气。

当安托万走出花园的时候，一个广播记者马上拦住了他，他甚至没有时间抽回脚步。

“小雷米·德梅特失踪的时候，您曾经住在他的隔壁，您当时跟他很熟吗？他是一个怎样的孩子呢？”

安托万支支吾吾地挤出了几个人们要求他重复的词：

“呃……他当时是我的邻居……”

他实在说不出什么话来：记者有些恼火，难道他不明白，得说出一些涉及个人的、煽情的言论吗？

“对，没错，可是……当时的他是一个怎样的孩子呢？”

这时，出租车刚好到了，安托万赶紧上了车。

透过车窗，他看到记者已经飞快转身，拦住了一个年轻的金发女郎。原来是艾米丽。她裹着母亲的披肩从家里出来，身形已经发福不少。只见她一边回答着记者的问题，一边用充满怨念的眼神追随着越走越远的出租车。

库尔坦夫人依然不住地说着胡话，她的样子痛苦不堪，时而激动地抽动着脑袋，时而喊出一些毫无关联，又不断重复的字句，还有一些名字（安托万！克里斯蒂安！），有儿子的名字，前夫的名字，还有其他人的（安德烈！），也许是她童年时认识的人。

安托万在她身边陪了一整天，不停地抚摸着她的额头。护工们来给她梳洗时，他走出去回避了一会儿，然后又回来坐下，一脸疲惫，病恹恹又痛苦不堪的样子。

库尔坦夫人的怪症像是在循环往复。她的头依然不停抽动，嘴里依然说着混沌不清的字眼："安托万！安德烈！"这样待在她身边，又看着挂在高墙上的电视机不断播放的"雷米·德梅特案件"，安托万简直透不过气来。

从前存档的视频又被挖掘出来，才过了十几年，这些画面已经老得不像样子：博瓦尔镇政府以及广场上的那棵梧桐树；小雷米的家；还有对着记者镜头发火的德梅特先生，正不耐烦地驱赶记者，就像在驱散某种有害的烟雾；作为镇长的韦泽先生，大早上的正在忙着组织搜救行动；出发去共有林区搜救的人群，再有就是风暴以及洪水的画面，那些残破不堪的汽车，倒下的树木，筋疲力尽无精打采的人们……

劳拉给安托万发了一整天短信，最终只汇成一句话：我爱你。

快到下午六点的时候，库尔坦夫人终于从昏迷中苏醒过来。安托万赶紧叫来了护士。接下来便是一阵手忙脚乱，他们像打仗似的带走了她，安托万焦急地等在走廊上。等了一个小时，才有护士来通知他，说他的母亲已经恢复了意识，但还需要长期观察，还说他在这里等也没用，一旦情况有任何发展，医院会马上通知他。

于是他收拾好衣物，准备回酒店好好睡一觉……

墙上的电视依然在播放。安托万抬头看了一眼屏幕：

“法医鉴定团队的技术人员在现场发现了一根不属于受害者的头发。显然，我们并不能因此断定这就是凶手的头发，然而这种可能性也是很高的……人们正在对这根头发进行基因检测，结果很快就会出来。随后，我们会将它与国家基因数据库里的DNA数据进行匹配。如果匹配到相应的人，他就必须解释清楚，为什么他的头发会出现在这个孩子的遗骸旁边……”

18

接近午夜时分，安托万躺在酒店房间的床上，突然听到走廊里传来一阵脚步声，有人敲响了他的房门。还没等他应答，劳拉已经走了进来，她把包和外套随手扔到一边。安托万还没来得及讲话，劳拉已经趴在了他身上，把头埋在他的脖子里，重重地喘着粗气，像是跑了许久。安托万用两手环抱住她，这突如其来的造访，让他有些不知所措。

这要是在平时，他早就把劳拉翻过来压在下面了，可是这天晚上……

他没法想象，当劳拉知道他是个怎样的人之后，会有什么样的反应。这件事对于他母亲来说不一样，因为她从一开始就知道了些什么。也许劳拉会离开他吧，而他的母亲则可能因此而丧命。在他身上趴了很长一段时间后，劳拉这才起身脱掉衣物，又帮他也脱掉，好像他只是个孩子，然后她掀起被单，两个人都钻进被窝里，互相依偎在一起。劳拉紧紧地蜷缩在他身边，睡了过去。

虽然精疲力竭，可他却迟迟没有任何睡意。安托万听到劳拉平静又深沉的呼吸声，这样一份沉甸甸的信任感让他感到很难过。于是他轻轻地哭了起来。

劳拉连眼睛都没睁开，甚至没怎么动，只是用指尖拂去他脸颊上的泪水，然后把手放在了他的脸上。

几秒钟之后，他就睡着了，醒过来时天已大亮，一看手表，已经九点半了。劳拉早已离开，她随手撕下了杂志一角，在上面留了三个字：我爱你。

两天又这么过去，库尔坦夫人眼见着一点一点恢复过来。虽然她依然十分苍白，很容易就感到累，吃得也很少，但是她说话已经不那么混沌杂乱了，她的时间感和空间感正在慢慢重建，走路也越来越稳了。拍了最后一张X光照片后，医生已经在考虑让她回家休养了。

也许是急于证明她的脑子很清楚，库尔坦夫人坚持要自己收拾行李。偶尔走得颤颤巍巍，她不得不用手指撑在床头柜的一角或扶住病床。

安托万配合地把衣服递给她，然后她叠好，再仔细地堆起来，两个人的眼神都不由自主地盯着电视屏幕，“雷米·德梅特案件”依然在不断地更新着进展。

安托万认出了屏幕上的年轻女记者，就是几天前在博瓦尔镇政府前面进行报道的同一个人。

“DNA检测结果已经出来了。关于在雷米·德梅特遗骸旁发现的毛发，警方也掌握了其主人的更多信息。该毛发属于一名高加索男性，虽然无法判断他的身高，但是可以确定的是，他有棕色的眼睛和浅色头发。显然，这些细节描述对应的是一个范围相当广的人群，并不足以帮助警方画出嫌疑人的肖像。”

安托万一直等这则新闻被重复播报，才得出了一个他至今依然不敢相信的结论：警方掌握了一条DNA样本，而且很有可能是他的DNA，但是他从来没有进行过DNA数据采集，而只要他不去做信息采集，那他被认定为杀死雷米·德梅特的凶手的可能性，就几乎为零……

重新开展调查的可能性也变得微乎其微，即便重新开始，也得先找出个方向来……

时间过去了十几年，雷米·德梅特案件在水面激起了几圈波纹，便又沉底。

安托万的生活将再次回到正轨吗？

“这下好啦，库尔坦夫人，圣诞节大家可就都指望你啦！”

有着明亮眼神和一头棕发的护士，像往常一样跟出院的病人开起了玩笑。她还以为他们会像其他人一样被逗乐，可是眼前的两人一动不动，仿佛被电视屏幕吸走了魂魄，于是她也好奇地盯住了电视。

摄像头对准了菲兹利埃尔的超市门口，更准确地说，是专供员工出入的旁门，而从中走出来的人，正是被两名警察夹在中间的科瓦尔斯基先生。

“科瓦尔斯基先生依然是这个案件的唯一嫌疑人，此人从前是马尔蒙的熟肉铺老板，曾因为证据不足而被释放。可以大胆猜测，调查人员将对其施压，以获取他的DNA样本，并与被找到的DNA样本进行匹配，而这条样本正是在1999年被害的可怜孩子身旁找到的。”

库尔坦夫人的动作明显变得激动起来。安托万从小就明白，母亲总是难掩对于前老板的愤怒之情，她曾称之为吝啬鬼和剥削者，总有一种被他欺骗的感觉。也许她也感到十分愤慨，就像得知刚刚从自己身边走过的人，其实是一个工于心计的变态甚至怪胎。

安托万见证了他的第二次被捕，然而不知道为什么，这一次他却没有感到过多自责，倘若警方错判了科瓦尔斯基先生，安托万也会觉得如释重负。显然，这一次DNA不会像证人一样撒谎，可是科瓦尔斯基先生代替他接受惩罚的想法还是在他的脑海中一闪而过。安托万已经很多年没见过他，他也老了许多，头发已经花白，原本就瘦的脸庞显得比以前更加消瘦了，他走得十分缓慢，两只手臂无力地摆动着。

自从1999年被捕以后，他的店铺也因为信誉受创蒙受了巨大损失。经营状况一年比一年差，最终他不得不把店铺卖了，成了菲兹利埃尔超市熟肉品区的负责人。

几个小时以后，一天或者最多两天以后，科瓦尔斯基先生就会被释放，这起案件激起的最后一片水花也就此平息，而从此，这桩疑案也将永远地存放在警方日益增多的案件卷宗当中。时间一分一秒地过去，安托万感到自己胸口的郁结慢慢散去，脑中也开始继续畅想，劳拉，毕业，出国……一幅幅画面在眼前不断闪现。

库尔坦夫人终于出院回家了（“怎么打车回去……我们完全

可以坐大巴车啊……”），回到家第一件事就是开窗透气（“安托万！你早就该把窗打开的”），然后又开出了一长串的购物清单（“你记得，要买厄德贝尔品牌的面包干，如果没有的话，就别买了！”）……

很快，安托万就不用再艰难地忍受这些陪伴他多年的唠叨了。然而此刻，他却敦厚老实地接受着母亲的所有评论，只要能看到她平安地回到家，他就感到无比幸福和安心。很多亲友都给母亲打来了慰问电话，她不停地回答说："比起疼痛，更多的是害怕。”她回家的消息早已传遍了整个博瓦尔镇。

安托万想尽办法磨蹭着，不想出发去镇中心，不想被遇到的所有人拦下来，询问母亲的近况。“所以说，布朗什回来了吗？啊，那真是太好了，可把我们担心坏了。你知道吗，当时我不在场，但也听其他人说了，她那一下可摔得不轻。哎哟，可真是把我们吓坏了……”同时，安托万也有些不安：穆绍特一家人是不是已经把他们家女儿所遭遇的不幸公之于众了呢？显然，人们对此还一无所知。无论是艾米丽还是她的父母，都不想面对一件人人都会谴责的事情。

提奥三步并作两步地爬上镇政府的楼梯，远远地看见安托万，跟他打了个招呼。他还碰到了大小姐，自从瓦勒内尔先生去世以后，人们就开始这样称呼他的女儿。她现在被寄养在医疗保健中心，每周两次，都会在护工的陪伴下，来镇中心游玩。现在的她，依然会来到巴黎咖啡馆的露台上，夏天的时候在那里吃上一个冰激凌，任凭护工替她擦去额头上的汗迹；冬天的时候，则小口小口地喝上一杯热巧克力。虽然她的轮椅不再像从前那样招摇显眼，这个年轻的姑娘却还跟从前一样，身体瘦弱得像一条干枯的葡萄藤，摆在方格盖毯上的手依然冰冷苍白，眼神如炬，脸色却像个活死人。

安托万耐心地在每个店铺里排着队，在这里，人们不关心时间的流逝，把大把大把的时间花在家长里短上。

他感到身体被一种轻松的惬意所填满，显然是因为这些天来的疲惫已经散去，也是因为他的心慢慢安定了下来。要是没有与艾米丽·穆绍特之间的事……不过，就算当前他依然身处窘境，这与之前他必须面对的长久的威胁来说，都算不得什么了……也许只要花点钱，就能把这件事情妥善解决……

他至今还无法相信这一切。

马上，他就要毕业了，就要远离这一切，开始新的生活。

19

不出意料，第二天科瓦尔斯基先生就被无罪释放了。可是博瓦尔人从不轻易改变看法，在他们眼里，科瓦尔斯基先生仍然有重大嫌疑，毕竟空穴才会来风，无风又怎会起浪。

随着安托万的焦虑慢慢平息下来，他的母亲对当地新闻的兴趣也渐渐枯竭，再也不会像住院期间一样，如痴如醉地盯着电视屏幕看了。所以，不同于安托万，她只是碰巧才注意到了检察官在省级法院前跟记者说的那些话：

“不，让博瓦尔所有居民都进行一次DNA检测，这是不现实的。这个方案远远超出了我们的财政能力，更关键的是，我们没有充足的理由来实施这项计划，毕竟目前还没有任何客观证据表明，我们正在寻找的DNA样本的主人（而且我们还不能确定此人就是杀害小雷米·德梅特的凶手！），就一定是博瓦尔本地人，而不是周边城市的人，或是某个路过此地的外来人员……”

“就是说啊！”库尔坦夫人低声抱怨道，好像法官说的那些话，终于证实了她长久以来所坚持的观点。

如今最后一个障碍也清除了，安托万可以自由地离开了：库尔坦夫人已经完全康复，恢复了体力，他也该回去准备考试了。

“这么快吗？”库尔坦夫人不敢相信地问道。

母亲坚持要一起吃顿“简餐”（所有盛大的事情，她都会用“简”字去形容），只见她套上了大衣，准备出发去镇中心。她将以圣迹治愈的姿态出现在那些商店里，然而却还要装出谦逊的样子，安托万不禁觉得好笑。

他把自己的东西都收拾妥当，暂时还不想打电话给劳拉，他要回去给她一个惊喜。

吃饭的时候，库尔坦夫人用一小杯波尔图葡萄酒犒劳了自己。两人都没有多言，甚至都还有些不敢相信，就在两天前，一切还是那么不确定，而如今，他们却这样坐在一起吃起了饭。

然后，库尔坦夫人看了看时间，打了个呵欠。

“你还有时间睡一会儿。”安托万跟她说道。

于是她决定在儿子走之前，上楼先小睡一会儿。

屋子里又陷入了沉寂。

直到门铃声响起来。安托万开了门。

门外站着的，是穆绍特先生。

两人面面相觑，在这样不合时宜的情况下，都有些尴尬。安托万这才意识到，他还从来没有跟艾米丽的父亲直接说过话。

安托万站到一旁，把他请了进来。

穆绍特先生身形高大，留着像军人一般的板寸头，长了一个自命不凡的鼻子。他的整体外形以及刻板的穿着，再加上他一贯很强的自尊心，给人一种罗马君主的感觉，又或者是上世纪的教师。背在后面的双手，也使得他背板挺得更直，下巴抬得更高。

安托万显得手足无措，他完全不想忍受穆绍特先生的道德教训，整件事不过是一次意外。如果穆绍特一家人坚持要让艾米丽生下这个孩子，安托万也没有任何办法，他不会有任何的愧疚感。只是，在如此态度坚定甚至充满威胁的穆绍特先生面前，安托万感觉到，要脱身也许没那么容易：他一定是来要钱了，他肯定已经算计过，医生赚得一定不少。

安托万握紧了拳头，人家是有备而来，准备讹他一笔，而他却毫无防备，没有事先了解他有什么具体权利……

“安托万……”，穆绍特先生说话了，“我的女儿没能抵挡住你的引诱和摆布……”

“我可没强奸她！”

直觉告诉他，采取主动进攻，摆出一副显然无罪的态度，才是最有效的办法，他可不想任人宰割。

“我没有这样说！”穆绍特先生抗议道。

“这可真走运。我给艾米丽提出了一个解决办法，她却宁愿拒绝。那是她的选择，也是她要承担的责任。”

穆绍特先生惊得哑口无言，满脸写着不快。

“您难道是在说……”

他被自己噎住了，找不到词语来表达……

安托万不禁疑惑地想，难道艾米丽没有把堕胎的提议告诉她的父亲，他是到现在才知道？

“没错，”安托万确认道，“我想说的就是这个……现在还来得及……虽然有点……勉强，但还是可行的。”

“生命是神圣的，安托万！上帝想……”

“别拿这个来烦我了！”

穆绍特先生看起来就像突然被人打了一巴掌。罗马帝王的气场已经丧失殆尽，他已经败下阵来，而安托万的气焰也变得更加高涨。

库尔坦夫人听到了儿子的喊声，感到十分不解，正从楼梯上走下来。

“安托万？”走到最后一个台阶，她问了一句。

安托万并没有转身。越过他的头顶，库尔坦夫人看到这两个男人剑拔弩张地面对面站着，感觉马上就要打起来了……她只好又踮着脚尖回到了房间。由于过于愤怒，穆绍特先生甚至没有意识到她的出现。

“可是，再怎么说……是你玷污了艾米丽！”

他此时的话音变得异常低沉，一字一顿地把话吐出来，依然无法相信安托万刚刚竟然说出了如此大逆不道的话。

“没错，就像您说的，说到‘玷污’，比我捷足先登的可大有人在，这点我可以跟您保证。”他又火上浇油地说道。

这下，穆绍特先生变得怒不可遏。

“您这是在侮辱我的女儿！”

两人之间的谈话已经陷入了热战，安托万竟如此轻易地占了上风，他甚至为此感到了一丝不快，不过，他还是没有打算放下防备，最后，他打算再逼近一步：

“您的女儿愿意怎么糟蹋她的身体，那是她的事，跟我没关系。我只是……”

“她当时已经订婚了！”

“说得没错，可是这也没有阻止她跟我上床。”

安托万不惜一切代价想从这次失足中脱身出来，尤其在面对像穆绍特先生这样的人时，话得说得明白一点。

“您听我说，穆绍特先生，我完全理解您的难处，可是，你我都心知肚明，您的女儿并不是什么涉世未深的姑娘。没错，她是怀上了某个人的孩子，可是，在这件事情当中，我该负的责任，可不比其他人……不比其他人更多。”

“我早料到了您是个卑鄙小人……”

“那下次，您可得跟您的女儿提提建议，让她挑选情人的时候多长个心眼呢。”

穆绍特先生点着头说道：“好，好，好……”

“如果您非要如此的话……”

他从身后掏出了一份报纸，在身前晃了晃，就像拿着一张灭蚊纸。这是一张地方报纸，安托万没法弄清这报纸是当天的还是过时的。

“我们现在有办法了……可以去做检测！”

“什么意思？”

安托万脸色变得苍白起来。

穆绍特先生则马上洞悉，已经找到了正确的进攻方向。

“我要去报案……”

安托万仿佛看到了危险的轮廓，但是还没有反应过来，这将给他的生活带来怎样的困难。

“我要起诉您，强迫您做基因检测，到时真相就会大白，您无疑就是我女儿肚子里孩子的亲生父亲！”

安托万被这番话震惊了，他张着嘴，无法冷静思考现在的局势。

这个蠢货完全不知道自己在说什么，不知道这会造成什么样的后果。

“您赶紧滚吧！”安托万最终苍白地说了一句。

“您现在还可以选择，到底是要光明正大地迎娶艾米丽，还是要鱼死网破身败名裂，这对您和对艾米丽来说，都没什么好处。反正，您得知道，我是不会改变主意的！我会告到法院去，要求提取您的基因检测样本，不管您愿不愿意，您最终都得娶我的女儿，都得承认这个孩子！”

说罢，他雄赳赳地转身离去，把门摔得震天响。

安托万一下子没了支撑，不得不紧紧抓住了门框。得赶紧想个反击的办法啊。

他大步流星地爬到楼上，把自己关在房间里，焦急地踱来踱去。

难道他就只能接受这一切，娶了艾米丽·穆绍特吗？

想到这里，他就觉得恶心。而且以后他们要住在哪里呢？艾米丽是死也不会答应跟他出国，不会远离她的父母的。

再说，如果他成为一个一两岁的孩子的父亲，那他的简历在人道主义机构那里，还有什么竞争力呢？

难道要被迫永远留在博瓦尔了吗？

这简直令人难以忍受。

安托万在脑海里把所有的事情都想了个透。穆绍特先生去报案，他走到法官的办公室……法官听了他的陈述，肯定会觉得十分可笑，他会回答说："穆绍特先生，只有在遭到强奸的情况下，我们才能立案，您的女儿报了强奸案吗？"

不会的，安托万又安下心来：没有法官会接收这样的案件的，这是不可能的。

可是，与此同时，法官也不禁会发出疑问：如果安托万·库尔坦如此确定自己不是这个孩子的父亲，那他为什么不愿意做这个检测呢？

法官肯定会开始怀疑这个拒绝做基因检测的人……就在杀害雷米·德梅特的凶手DNA被发现的当下，他拒绝了检测，况且此人还是最后见到活着的雷米的人之一……

于是，他们便会起疑心，然后重新审问安托万。

安托万心里明白，关于十二年前发生的一切，他再也无法承受新的审问了。他已经做不到了。就算他努力想撒谎，也会漏洞百出，法官一眼就能看穿他。因为一桩无足轻重的案件而被牵扯出过往的血案，这样的事也不算少见了。

也许到时，法官真的会强迫他进行基因检测……

也许最好还是让步。

现在就把检测做了，断绝了他们的念头，从此以后再也不提起这件事。

这个想法给他带来了一丝宽慰。毕竟，就算他真的是这个孩子的父亲，他只需要付一笔赡养费，事情就可以解决了。完全没有必要浪费人生，去娶这样一个……他想了半天都没想出来，应该用什么词去形容她。

隔墙后面传来一些轻微的噪声，还有东西相互碰撞的声音，就像有人在隔音差的酒店房间里，举动格外小心翼翼。

肯定是她的母亲，又像往常一样，装作什么事都没发生，开始整理起她那原本就很光洁的房间了。这样的场景，从小到大，他不知看了多少回。

听到母亲的声音，感觉到她的存在，这让安托万突然感到脊梁骨一阵发凉……如果他被证实是孩子的父亲，也就是说，如果他是始作俑者，并且还拒绝了迎娶艾米丽，穆绍特一家人肯定会把这个消息传遍整个小城，而库尔坦一家人则将被千夫所指……

到时，母亲又将过上什么样的日子呢?

她将从此忍受名誉上的污点。在所有人眼里，她将成为一个懦夫的母亲，没有能力完成做母亲的义务和责任。她将会被冷眼相看，被人指手画脚，被人进行道德羞辱。不，倘若如此，她一定会熬不下去的，这对她来说是不能忍受的事。

在这个世上，安托万只剩下母亲，而母亲也只有他可以依靠了。

他无法眼睁睁地看着自己的母亲去经受这一切。

所以，眼前只剩下一个选择，那就是接受检测，寄希望于检测结果可以证明他的无辜。

可是，这其中的不确定因素实在太多了。

尤其是，这还牵涉到另外一件事。

安托万的耳边又回响起那名记者说过的话：

“……以获取他的DNA样本，并与被找到的DNA样本进行匹配，而这条样本正是在1999年被害的可怜的孩子身旁找到的。”

安托万瞬间感到天旋地转，不得不坐了下来。如果他顺从地接受检测，不管结果如何，这份DNA信息都将被储存起来……

他的DNA信息将被储存在某个地方。

而且会存在很长很长时间。它将被储存在什么样的档案里呢？什么行政部门可以调取它呢？

没人能确定，什么时候人们会把他的基因信息，与杀害雷米·德梅特的凶手的基因信息进行比对……

也许明天，镇政府随便出台一个法案，就可以授权对数据库里的所有基因信息进行比对和匹配……

他的头顶上将永远悬着一把达摩克利斯之剑。

唯一的解决办法，就是拒绝检测。

安托万转了一圈，又回到了原点，真是条死胡同：不管他做不做检测，结果都一样。

有些事，就算今天没发生，也会成为明天的威胁。

甚至是一辈子的威胁。

“安托万，你的火车是几点的……？”

库尔坦夫人的声音还没到，人已经到了，她探出一个脑袋问道。

然后，她马上就意识到，自己的儿子陷入了多么大的慌乱。

“好吧，如果你不坐这班车，还有其他的班次可以坐……”

把门关上之后，她下了楼。

安托万在房间里踱过来又踱过去，试着集中精神思考，可是无论他怎么想，结果都显而易见：只有一条路，那就是阻止穆绍特先生去报案。

或者准备好与艾米丽分居，在焦虑中度日；甚至是在引起全国轰动的审判之后，去监狱里待十五年，从此接受一个儿童杀手的悲惨命运……也就是说，一切前功尽弃。

1999年的12月，十二岁的他犯下了罪行，然而就在安然度过了十二年之后的今天，让他的人生重新陷入悲剧的事情，也许就发生在眼前……

天渐渐黑了。

他听到母亲一言不发地躺下了，甚至没有询问他发生了什么事。

他在房间里一直踱到了早上。于他而言，这是极度痛苦的一夜。他终于领悟到自己的人生就是一个巨大的失败，从悲惨的童年时期起，结局就已经注定。

天亮的时候，他在心里问自己，跟艾米丽结婚，是否就是他给自己判的刑。对于年少时犯下的罪行，上天没有用长年累月的牢役作为他的刑罚，而是强迫他一辈子都只能过一种厌恶至极的生活：他讨厌这里的一切，讨厌这些庸俗不堪的人，明明是自己喜欢的职业，却只能困在这令他深恶痛绝的环境中……

这就是对他的惩罚：他只不过是在拥有人身自由的情况下服刑，而代价就是他此生的所有意义。

上午时分，安托万终于接受了自己的失败。

2015

20

雨已经连绵不绝地下了一个多礼拜，再加上这段时间天黑得早，下午才刚结束天色就已经变暗，在各处奔波的他就更容易感到疲惫了。他也尝试过好好地安排，精心地规划合理路线，可是每次走到半路，病人的电话总是响个不停，迫使他不得不在一天内要去两次马尔蒙或是三次瓦伦纳斯。

安托万看了看手表，下午六点一刻，候诊室里应该有十几个人在等着了，看样子他晚上九点前是到不了家了。他在后视镜里看到了自己的脸。婚礼的前几天，他决定要留胡子，所以一直没刮，整张脸看起来老了不少。可就连他的母亲也说，这个婚礼，对他或是对艾米丽来说，都不是什么重要的事情。反正，艾米丽……这个女人，可真是个难缠的麻烦。起初，他很生她的气，也埋怨自己就这么任凭别人作弄，在恐慌面前如此轻易地败下阵来。他甚至想过接受基因检测，可最终他还是没做，因为即便做了，也改变不了什么了，人生已是这般模样，一切为时已晚。

于是，他重新找回了内心的平静，开始用一种新的眼光来看待自己的妻子。虽然他不爱她，可是最终还是理解了她。艾米丽就像一只蝴蝶，三心二意，摇摆不定，行事冲动，既没有计谋也从不后悔。可是，她依然是个美人，孕期过后的她，只花了几个星期就完全恢复过来了。她有着平坦的小腹，完美的乳房，还有那精彩绝伦的臀部……有时，他不小心看到正在洗澡的她，还是惊为天人。偶尔，他也会与她做爱。艾米丽从不拒绝，总是假装高潮，还借口怕吵到孩子，发出克制的尖叫声。完事以后，她不忘转过身，向他保证“比上一次感觉还要好”，说完之后就沉沉睡去。安托万几乎可以确信，艾米丽从来没有跟任何人有过高潮。然而，他已经不再去质疑他们的性关系，只是作为医生，他还是要确保艾米丽做好了安全措施，然而这也只是徒劳：这个女人总能逃脱一切控制。

有时安托万偶然回家，便会撞见一头乱发的艾米丽拉扯着裙子从地下室走上来，而地下室里的电工则满脸通红，甚至连工具盒都还没打开。一开始，安托万还会觉得有些心碎。如果他是真的爱她，也许会觉得非常痛苦。事实上，他也确实感到了一丝痛苦，可却不是为他自己。有时，他会静静地看着她，在餐桌上，在厨房里，然后感到心里一紧：如此忧郁的姣好容颜，偏偏脑子里却空空如也，这是多么巨大的浪费啊。

艾米丽接受了自己的生活，就像她接受一切，接受所有人一样。而且，她对于费心遮掩、偷鸡摸狗的地下情似乎有种特殊癖好。

只有与提奥的关系是个例外，几乎人尽皆知。两年前，提奥接管了他父亲的作坊，也在政府选举上取代父亲成为新的镇长。从那以后，他就扮演起了一个现代老板，一个摩登人物角色。他穿着迪赛牛仔裤召开议会，穿着白衬衣但却不打领带去参加纪念先人的活动，穿着匡威运动鞋接待工会成员。他不遗余力地展示自己亲切的一面，压榨所有人的工资，却跟所有人以“你”相称。他霸占着医生的老婆，还说只是小时候的一个朋友而已，又算不了什么。

沿着公路穿越公有林区时，安托万被一辆满载原木材的卡车挡住了去路，不得不停下来等待。他害怕这突如其来的平静，也许这就是他最终喜欢上乡村医生这个职业的原因吧。一年前，他买下了迪尔拉夫瓦医生的诊所，当时医生曾经预言过，这个职业，你要么干两个月就放弃，要么就会干一辈子，只有这两种选择，没有中间地带。他说得没错。安托万马上就全身心地投入到了这份工作中，也许再也不会放手。

至于剩下的事情，生活都把它们安定下来了。

从第一天起，艾米丽就成天四处高谈阔论那些不幸的过往，还有他的岳父，如今有了一个医生女婿，也在人前把胸膛挺得更高了。他们的孩子被寄养在岳父岳母家里，因为安托万“实在是太忙了，没有时间照顾孩子”，不过这倒也是实话。

小马克西姆生在4月1日。没错，人们对他的生日开了不少微妙的玩笑，全家人也都无一例外地加入了这个行列，都觉得这是件很搞笑的事情。他是白羊座，你们可别搞错了，可不是双鱼座[1]哦！哈哈哈！马克西姆这个名字，也透露出这家人对于辉煌伟大的一种妄想[2]。显然，这个名字是穆绍特先生给取的。

婚礼的过程简直是炼狱般的煎熬（四个人讨论了整整三个月，通知亲朋好友，准备教堂弥撒，商讨婚宴细节，还有那些为了确定宾客名单而发生的口舌之争，简直就是炼狱……）。而婚礼之后，艾米丽怀孕的事也惊动了所有人，仿佛她是上帝创世纪以来第一个怀孕的女人。

成为母亲的艾米丽变得更加耀武扬威。她的孕肚十分明显，大大的肚子挺在外面，就像是外露的财富。当别人都在排队的时候，她则会带着胜利者的微笑从他们面前走过去；去商店的时候，则会要求人们给她一把椅子，然后重重地呼出一口气，好让别人来对她嘘寒问暖。怀孕期间的所有反应，疼痛、腹泻、呕吐、睡眠问题，她事无巨细地对所有人和盘托出，所有人都听过她的这番倾诉。啊，我还以为是他在动，原来是胃肠气！啊！那些气体，是因为腹部空间被压缩了，这可真是不同寻常的经历啊，真是个累人的活儿（她很喜欢用“累人”这个词），但这也是生命中“最美好的礼物”。如果那天她身体状况好，便又会兴高采烈地说道：“一个女人把一个孩子带到这个世上来，真是个美丽的冒险啊。”然而，安托万对这一切却显得十分消沉。

一开始的时候，他对自己的儿子没有任何感觉，既没有爱，

1 在法国，4月1日愚人节作弄别人时，会说上一句“poisson d’avril!”［四月鱼（愚）人！］
2 Maxime（马克西姆）这个名字来源于拉丁语，寓意为最大的。

也没有恨，只是觉得他不属于自己的生活。艾米丽和她的母亲永远都在跟这个孩子玩洋娃娃，而安托万只是偶尔与他打个照面。他像照顾社区里其他的小孩一样在照看他，对他来说，这只不过是所有小孩当中的其中一个。

接着，马克西姆开始走路了，又学会了说话，令安托万没想到的是，这个孩子跟穆绍特一家人一点也不像。有时候，他感觉这个孩子似乎更多地遗传了他的特征，这样想的时候，他又觉得十分满意，虽然他以前总认为这样想的家长十分可笑。

又或许，是因为他主观意愿上希望儿子像自己，所以才会越看越像。目前，他只是满足于观察儿子，也不知道日后他们之间的关系会如何发展。

安托万重新启动了发动机，向右拐去。老天，已经迟到了一个半小时了，候诊室估计已经人满为患了。算了，就让他们等等吧，何况他们也愿意等。安托万很快就成了博瓦尔镇极受欢迎的医生。人们常说，那位医生，至少我们还认识他的母亲。

他把车停在门外台阶前，连车钥匙也没拔，下车以后用手挡着雨，飞快地走进了这座宽敞的房子。他不会逗留太久，但是既然答应了，就得来一趟。“您好，医生，我们还以为这个时间见不到您了。把您的外套给我吧，她已经等不及了。”

话虽如此，她还是假装在忙其他事情。当安托万走进房间的时候，她抬起头惊讶地看着他，“啊，是您啊，是什么风把您给吹来了……”

大小姐今年三十一岁，可看起来最起码有四十五岁了。她瘦得实在有些吓人，但是安托万明白，这具躯壳也许还要与死神斗争好几十年。如果说，大小姐曾经想过就此了结一生的话，那么现在这个想法早就已经离她而去了。就像安托万一样，逃跑的想法早就不复存在了。

他拉过一张椅子，在他的工具箱里翻找了一会儿，然后久久地环顾四周，从中掏出一块巧克力，塞进了大小姐的盖毯下面。这只不过是个形式上的秘密，所有人都知道她不能吃巧克力，可她还是经常偷吃，就连医生也是她最主要的供货者。

大小姐偷偷抬起盖毯一角，瞄了一眼巧克力的牌子，做出一脸嫌弃的表情。

“医生，您输得可有点惨啊……”

自从安托万在健康医疗中心接了迪尔拉夫瓦医生的班之后，他俩便成了棋友，可他从来没有时间真正下完一局。不过，大小姐想出了一个解决办法：现在他们可以通过电子邮件过招。安托万在车里的时候想着下棋的对策，在去病人家里之前回完邮件，听诊的时候就能收到答复，从病人家里出来的时候再继续回信。大小姐说得对，他输得实在有点惨，并不是说这一局，而是说他从来就没能赢过。每次输了以后，他就得给大小姐带一块巧克力。

“我没法儿久留，已经迟了两个小时了。”

“那不正好，您的那些病人，他们会走的，也许走走对他们还有好处呢！说不定，明天早上您再去看他们，他们都已经痊愈了！”

永远老调重弹地说着同样的话，他们听起来就像一对老夫老妻。安托万握住大小姐冰冷而骨感的指尖，而她也热切地握住他的手，说道：“谢谢，再见。”

大雨中，安托万返回了博瓦尔。

这些年来，小城已经发生了不少变化。圣犹士坦公园变得热闹非凡，旺季的时候，整个大区的人都会来这里游玩。距离不远，又十分适合家庭出游，这便是它得以成功的秘诀。韦泽先生带着博瓦尔镇走上了一条转变之道，他的儿子也在选举第一轮就被选举为镇长。旅游业的发展带动了当地就业，商家们都对此感到十分满意。如果一个城镇的商人们对现状感到满足，那么整个城镇也会变得充满幸福感。

并且，这样的转变也救活了木偶玩具产业。在法国人民环保意识方兴未艾的背景下，上世纪90年代被人嫌弃老土的木偶玩具重新回到了潮流前线，人们又开始重新爱上了白蜡木火车和松木陀螺。“始于1921年的韦氏木偶工厂”重新焕发了生机，员工人数几乎达到了危机之前的同等规模。

候诊室人满为患，屋里有些微热，窗户上满是水汽。

安托万打开了窗户，一屋子的人都没想到要开窗透透气。他对着人群打了个招呼，轻轻做了个手势来表达迟到的歉意。人群里一阵低语，都在表示赞许，人们总是喜欢忙得不可开交的医生，业务繁忙便是他服务质量的有力保证。

他在人群中认出了弗雷蒙先生、瓦朗提娜，还有科瓦尔斯基先生。当安托万向迪尔拉夫瓦医生提出想接管他的诊所时，医生十分高兴地答应了（尽管从他的表情很难看出来）。安托万知道，这是一位对自己的职业怀着极大热情的医生，他还曾经担心，医生会拒绝他的提议，或者要求合作运营，又或者会不停地插手业务，然而这样的担心却是多余的。诊所一卖出去，他就去了越南越池，处在河内北边的一个城市。去那里是为了照顾他八十岁的老母亲，他们已经将近五十年没有相见了。在离开之前，他给安托万留下了一本极其详细的病人档案，书写这本档案不知花了他多少时间。这就是一位老医生对自己的严格要求，以此来对付那些最难治疗的疑难杂症。

安托万已经在病人们当中认出了科瓦尔斯基先生，可是以前他从来没来过诊所。至于瓦朗提娜，每次来都要跟他讨价还价。她在一年当中总要找安托万开六次病假证明，每次来都带着好几个小不点，好显出她的柔弱，以此博人同情。安托万对她总是有种恻隐之心，尽管每次开病假证明时，他都会表达不满，可最终还是会照做。虽然他不想承认，可事实上，瓦朗提娜在他的生活里占据了一个很奇怪的位置，毕竟她曾因弟弟的失踪而备受打击，而安托万，正是杀害她弟弟的凶手。

安托万慢悠悠地坐下来，准备开始上晚班。他整理着材料，确保所有东西都就位了，把钱包放到办公桌的第一个抽屉里。这是他唯一上了锁的抽屉，倒不是为了安全，毕竟像这样的锁，只需要一把裁纸刀，一个十岁小孩也能在几秒钟之内撬开。抽屉里存放着的，是劳拉写给他的回信，他也不知道为什么会把信放在这里。他曾一口气写下了给劳拉的那封信：劳拉（而不是我的爱人，不能给她留下任何回旋的余地），我要离开你了（简单，明了，决绝），然后是关于艾米丽的长长的解释，原来他一直深爱着艾米丽，然后她怀上了他的孩子，现在他就要娶她过门了，这样也好，我没有办法给你幸福，等等。当一个懦弱的男人下定决心离开他的女人时，就会写出像这种谎话连篇，一眼就能看穿的蠢信。

劳拉马上就写来了回信，在一张大大的白纸左上方，只写了两个字："好的。"

他把信折起来，收在这个抽屉里，上了锁，随着时间的流逝，甚至都快把它忘了。

安托万给瓦朗提娜开了一个星期的病假证明后，又接待了科瓦尔斯基先生，他已经变成了一个干瘪的老头，声音轻柔，动作缓慢而细微。安托万探了探他的心跳，十分虚弱。量血压的时候，他扫了一眼他的病历，突然想起来，对哦，科瓦尔斯基先生早就丧偶，他草草地计算了一下他的年纪，应该已经六十六岁了。

"好了，是病毒引起的……"

科瓦尔斯基先生和善地微笑着，一副听天由命的样子。安托万开始写起了处方，他总是习惯在药方上写上注解，如何服用以及用量，尽量写得清晰可读，从不故弄玄虚。

他收起病人的病历，把他送到门口，与之握手告别。

彼时弗雷蒙先生已经站了起来，正准备往里走，安托万脑海中却突然出现了一种奇怪的冲动，他还没来得及细想，话已经出口：

"科瓦尔斯基先生？"

所有人都转身看向门口。

“呃……您可以再来一下吗？”安托万问道。

他向弗雷蒙先生做了个手势表示歉意，要不了很久的，如果您不介意的话……

“请进，请进，”他边说边指着科瓦尔斯基先生才离开的椅子，“您请坐！”

然后他绕过办公桌，拿起他的病历，重新查看起来。

安德雷伊·科瓦尔斯基，1949年10月26日出生于波兰格丁尼亚市。

安托万被一种直觉一瞬间击中，仿佛突然明白了些什么，可是几秒钟之后，这种强烈的感觉又消失不见了。

科瓦尔斯基先生分明一副很不自在的样子，双眼盯着膝盖，不敢抬头。安托万明白他一定是猜对了什么。

安托万也沉默良久，不知道该怎么开口……他明白，一扇大门即将被打开，而他却不知门后究竟藏着什么东西，也不确定这扇门是否还能被关上。他把病人的病历卡捏在手里，上面赫然写着：安德烈。

“几年前，我的母亲曾经陷入昏迷……”他开始说话了，却一直低着头。

“我记得，当时我也听说了，可是现在她已经好多了，不是吗？”

“对，没错……在医院的时候，她一度意识混乱……不停喊着亲近的人的名字，有时喊我父亲，有时喊我的名字……我在想……”

“嗯？”

“我在想她是不是也喊了您的名字。您是叫安德雷伊，对吧？”

“安德雷伊是我的教名。这里的人，会叫我安德烈……”

安托万明白，接下来他要问的这个问题可能会很失礼，可是既然已经出现在脑海里了，他就不得不问出口了：

“我母亲从前也是这样称呼您的吗？”

科瓦尔斯基先生盯着安托万，皱起了眉头。他会大发雷霆，起身夺门而出吗，还是给出答复呢？

他轻声问道：

“库尔坦医生，您到底想说什么呢？”

安托万站起来，绕过办公桌，在科瓦尔斯基先生旁边坐下。

从前，他也经常与科瓦尔斯基先生打照面，也会盯着他的脸看。他那奇特的长相总是能引起别人莫名的不适，这其中当然也包括安托万。现在，他如此近距离地打量他时，却又感到他身上散发出来一种平静的力量，这种感觉太奇怪了，就好像年幼的孩子待在父亲身边时，会感到无比的安心。

脑海中的思绪乱作一团，以至于他不知该如何继续这个话题。

科瓦尔斯基先生却也并不觉得尴尬。而且，安托万明显感觉到，他不愿意说的事，是永远不会说出口的。

“如果您不想跟我再说下去，您可以走了，科瓦尔斯基先生，您没有义务要留在这里。”安托万最后说道。

科瓦尔斯基先生沉思良久，最后做了决定。

“医生，我上个月退休了。我在南方有一所小房子……”

他冷冷地笑了一声。

“我说一所小房子，只是为了听起来更好听，其实就是个露营车，但不管怎么说，它是属于我的。退休以后，我就会去那里定居。所以，我们俩应该不会再见面了。我本来是想……我没想到您会在今天，突然这样向我发问……”

他的话十分脆弱，绷得很紧，好像只靠一根细线吊着，一碰就会掉下，继而摔个粉碎。

“我跟您说这些，是想告诉您……时间已经过了这么久了，这一切都不重要了。”

“我明白。”

安托万把手放在膝盖上，正准备站起来。

可是马上又坐下了。

“您知道吗？”科瓦尔斯基先生继续说道，“十二月的那一天，我看到您的时候，感到非常疑惑……”

安托万屏住了呼吸。

“我当时正在开车，穿过圣犹士坦树林边界的时候，突然，在后视镜里看到一个小男孩正偷偷摸摸地穿过大路，我立马就认出来了是您。”

安托万感到前所未有的恐慌在此刻一齐袭来，四年了，他还以为自己永远也不会有任何危险了。就在他的生活像陷入流沙般，被日常琐碎所占据时，突然之间，回忆突然涌动，往事历历在目，雷米·德梅特是如何死去，他又是如何扛着死去的孩子穿过圣犹士坦树林，还有那消失在大榉树下的巨洞里雷米的小手……

他擦了擦额头上的汗珠。

眼前又浮现出，走在返回博瓦尔的路上，蜷缩在沟壑里的自己，在确保没有车辆来往以后，才敢起身穿过马路。

“所以，我就停在了稍远一点儿的地方……然后下车，想去看看发生了什么事。我在想，您可能会需要帮助。当然，等我走到的时候，您已经不在原地，早就走远了。”

原来，科瓦尔斯基先生是唯一一位目击证人，他本可以把调查方向引向安托万。他本人甚至还被逮捕过，也曾为此担惊受怕，而且在雷米的尸首被发现的时候，他还再次被人们怀疑和盘问……

“那您……”安托万继续问道。

“我这么做，是为了您的母亲。我曾经深深地爱过她，您知道吗？我想，她也曾经深深爱过我……”

他低下了头，脸色渐渐变成红铜色，就好像刚刚说了一些庸俗不堪的事情。

“您可能会觉得很可笑，一个像我这样的糟老头子，竟然说出这种话来，可是……她曾经是我一生的挚爱。”

不，安托万一点也不觉得可笑，他也一样，曾经有过一生挚爱。

“我从来不愿说出那天我在干什么，是因为……那一天，她和我，我们当时在一起，就在那台车里。我不想毁了她的清誉……她当时不想把我们的关系公之于众……我也必须尊重她的意愿。”

安托万艰难地拼凑着这些故事的碎片，科瓦尔斯基先生却停下了。他跟库尔坦夫人说了些什么呢？

她在车里转身看了看，什么都没看到，然后问他干什么去了，她不想待在这里，不想这样停在路边，也不想被人们看见……

科瓦尔斯基先生下了车，去找安托万，因为他刚刚看到这个孩子正惊慌地朝博瓦尔跑去，可是他没找到他，于是只好放弃，重新上车，发动了引擎……

他们之间说了什么呢？

“我什么都没跟她说。当时我下意识地觉得……怎么说呢……这可能不是什么好事。”

母亲与眼前这个男人的关系，让安托万陷入了一种不适，他很难掩饰这样的情感。并不是因为这件事本身有多么不堪，当然，即便作为医生，听到自己的父母一方有外遇的时候，还是会感到震惊，所以，肯定也有这方面的一些因素。可是，在这种不适里，还有一些更广阔、更复杂的情感，他需要时间，需要思考，才能慢慢消化这一切。然而，这一切都基于一个问题：母亲和他是什么时候认识的呢？

库尔坦夫人很早之前就在科瓦尔斯基先生店里干活了，甚至早在安托万出生之前……两年之前，还是三年？安托万的父亲是什么时候离开的？那些日期，年月，画面在脑海里乱成了一锅粥，安托万感到脚下的地板在慢慢塌陷。

突然一股恶心油然而生。

他转向科瓦尔斯基先生，却发现他早已走到了门口。

“这一切都不再重要了，医生。人总是会有很多疑问，您知道……我也问过自己很多遍……然后，有一天，您就会放弃，再也不问了。”

这个男人想必也经受了很多苦难，然而现在，他却在尽力地宽慰安托万。

安托万浑身剧烈抖动，就像下雪天没有穿外套出门一样。

“最重要的是，医生，您不要担心……”

安托万张大了嘴巴，而科瓦尔斯基先生已经离开。

两天以后，安托万收到了一个小包裹。问诊之前，他在办公桌上把它拆开来。

里面装着的，是他的手表。荧光绿色的表带。

显然，手表早已停摆。

致谢

如果没有帕斯卡利娜的陪伴，这本小说永远也无法面世。

感谢我的朋友帕特里斯·勒孔特（友爱的圣人马丁），在恰当的时机给我写来了那封信。既然要感谢朋友，又怎么能忘记我的至交，让·丹尼尔·巴勒达沙（乐于助人的圣人伯纳）和热拉尔德·奥博特呢？

如果书里还存在一些疏漏，全都是我个人的过错，与丹尼尔·魏布、弗朗索瓦·达乌，以及塞穆尔·提利无关。

相反，我还要万分感谢他们的帮助和建议。

我很认同赫伯特·乔治·威尔斯在他的小说《多洛雷斯》序言里写的这句话：“我们总是在这个人这里拿来一个字，又在那个人那里拿来一个词，在老友那里借来一句话，又在火车站台上等车的素昧平生的人那里听来只言片语。有时，我们甚至会在报纸杂文上借来一整句话，或者一个好的点子。这就是我们写小说的方式，别无他法。”

所以，在这本小说的创作期间，我深知，有些出现在脑海里的画面和短语，完全是出自别处。对于那些我记得的出处，它们分别来自（顺序有些乱，抱歉）：辛西娅·弗勒里、让·保罗·萨特、乔治·西默农、路易·吉尤、维吉妮·德庞特、《罗西与约翰》、蒂埃里·达纳、亨利·庞加莱、大卫·万恩、纳撒尼尔·霍桑、威廉·麦克尔万尼、马塞尔·普鲁斯特、雅恩·穆瓦、翁贝托·埃科、马克·杜甘、卡尔·奥韦·克瑙斯高、威廉·盖迪斯、尼克·皮佐拉托、路德维希·刘易辛、荷马，以及未能完全列举的那些人和作品……

图书在版编目（CIP）数据

三天一生 / (法) 皮耶尔·勒迈特著 ; 李湘容译
. -- 上海 : 上海文艺出版社 , 2020.10
（读客外国小说文库）
ISBN 978-7-5321-7779-0

Ⅰ . ①三… Ⅱ . ①皮… ②李… Ⅲ . ①长篇小说—法国—现代 Ⅳ . ① I565.45

中国版本图书馆 CIP 数据核字 (2020) 第 147355 号

著作版权合同登记号 图字：09-2020-616

责任编辑：毛静彦
特邀编辑：孙宁霞　叶　子
封面设计：Fabien Domenech　苏　哲

三天一生
[法] 皮耶尔·勒迈特　著
李湘容　译
上海文艺出版社出版、发行
地址：上海绍兴路7号
电子信箱：cslcm@publicl.sta.net.cn
网址：www.slcm.com
新華書店经销　三河市龙大印装有限公司印刷
开本 890毫米×1270毫米　1/32　7.75印张　字数 160千字
2020年10月第1版　2020年10月第1次印刷
ISBN 978-7-5321-7779-0/ I. 6178
定价：39.00元

如有印刷、装订质量问题，
请致电010-87681002（免费更换，邮寄到付）

马上扫二维码，关注“**熊猫君**”

和千万读者一起成长吧！